# 猎物
## PREY

孟小书 著

上海文艺出版社

# 目 录

狩猎 ..... 1

白色长颈鹿 ..... 62

终极范特西 ..... 159

# 狩猎

## 1

"嘘!它在那儿,看到了吗?"盖先生悄声说着,指向远处微微颤动着的灌木丛。

"嗯?好像是。"LeiLa架起一支308口径的猎枪。她被耳边若隐若现的嗡鸣声弄得心烦意乱。

"看到了吗,它的犄角露出来了。快准备好。"盖先生轻轻压住LeiLa那只勾着扳机的手,"就是现在!"

"不行,我害怕。"LeiLa盯着那只隐藏在灌木丛后的大角羚羊说。

"成败可就在这一瞬间。"盖先生目光如炬地盯着前方。

K猫着腰，双手把持着一个最新款小型摄像机。镜头对准了那只大角羚羊，等待着LeiLa的致命一击。他的脖子一直向前探着，不知这个姿势保持了多久。

"快！"盖先生一声令下。

LeiLa用力地呼吸，脑袋里突然冒出了许久以前教过她的那位印度瑜伽上师的脸——他盘坐在一个高高的藤椅上，双目紧闭，一呼一吸地均匀吐气，双手呈莲花状放在双膝上。

"完了！它发现我们了。"盖先生话音刚落，LeiLa突然浑身一颤，抖了个激灵。大角羚羊迅速蹦着逃跑了。根据它的体形、毛质和体态判断，那应该是只一到两岁左右的小羚羊。一转眼的工夫，它就消失在了树丛中。K环顾四周，再也看不到那只羚羊的蛛丝马迹。随行的乌布是个体形瘦小的黑人"助理"，他没忍住"扑哧"一下乐了出来。

"没关系，打猎就是这样的，它们不可能让你一次得手的。"

这一次的失手，对于LeiLa来说，像是一个解脱。

当她的双手感受到猎枪的分量、手指放到扳机上的那一刻，她才忽然意识到，自己完全没有做好猎杀一只大家伙的心理准备。可此刻，她进退两难。

下午两点，天空逐渐变低，乌云缓缓向他们飘来。Leila深一脚浅一脚地跟在盖先生身后，生怕踩到草丛中动物的粪便或是什么恶心的虫子。K走在队伍最后方，四处寻找可拍摄的素材。他们继续前行，跨过了一条小河，回到瞭望台。

"看来我们要继续等待了。"盖先生拿出两只望远镜，和K分别瞭望四周。LeiLa坐在一把生满铁锈的椅子上，心烦意乱。她讨厌大自然，讨厌这股难闻的骚臭味和飞来飞去的昆虫。她看着K的背影，思索着怎么才能给出一个合理的解释，告诉K她想离开这里，放弃这次行程呢？

"大角羚羊很机敏，不会那么轻易就被咱们发现的。"盖先生咀嚼着某种肉干，含糊不清地说着，"对于打猎新手的话，它们可是很有难度呢。你们应该选一些好上手的，比如斑马、犀牛、河马什么的。"

"大角羚羊的价格合适，打完折可以在我们的承受范围内。但说实话，只要不太贵，什么动物对我们来说都一样，但狒狒和野猪那种动物，又没什么意思。"K继续观望着四周，他停顿了下，突然又说，"快看！那有两只长颈鹿在吃树叶呢！太有趣了，它们应该是一对吧？"

"长颈鹿？算了……我可下不去手。它可是我们的好朋友。"LeiLa用一只手轻轻按揉着太阳穴，闭上了眼睛。

"那你说，这里面谁不是咱们的好朋友？"

"价格不贵的。"

盖先生是美国人，在这个猎场当猎导已经七年了，对这里了如指掌。他知道如何将豹子和斑马的皮完整剥离，野猪肉的里脊肉怎么腌制最好吃，斑马的大腿肉最适合留给客人，而后蹄筋是分给乌布吃的。各种动物偏爱的栖息地也尽在他的掌握，可不知什么原因，在这片本该是大角羚羊的领地上，现在却一只羚羊也没出现。

"它们今天可是来迟了。"盖先生叹着气，喃喃自语着。

天色阴沉沉的，居无定所的蜂虫一圈圈围绕着他们，警惕地飞行。

K 和 LeiLa 百无聊赖地吃起随身携带的面包和坚果。乌布站在瞭望亭的前面，时刻待命。

"我们可以到处走走，拍些视频吗？"K 问盖先生。

"这猎场可不是动物园，这里面有很多能吃人的家伙。你在猎杀它们的同时，它们也在猎杀你，就在你不经意的时候。所以记住，永远不要独自闯进来。这里可是危险重重呀。"

又过了许久，就在他们逐渐失去耐心之际，盖先生好像发现了什么，他突然说："它来了。"随后，他纵身跃下瞭望台，命令大家立刻带好猎枪和随身物品出发，猎犬和乌布倒腾着碎步向前跑去，像是要执行一件艰巨且望而生畏的任务。深浅不平的草丛似乎在警示着前方的危险。可没走几步路，K 忽然被地上一片蓝莹莹的东西吸引了。那是什么？茂密的阔叶，叶脉顶端是黑色的硬尖，它们在空地上肆无忌惮地生长着，新枝丫向远处无限地攀爬。长满荆棘的藤条上结了密密麻麻的蓝紫色果实。在辽阔阴郁的天空下，这片紫蓝色的植物像是某种富有神奇力量的魔幻种子。

"它们长得真好看,像蓝宝石。"K 和 LeiLa 试图走向前,想去摘一颗。

"别去那里。"盖先生一下拦住了他们,"它们的刺会把你们的衣服给划烂的。我们要快点过去,否则晚餐就只能吃面包了。"盖先生的脸上露出了一丝诡异的笑容。

LeiLa 用一种难以置信的神情看着 K:"他在开玩笑吧?"

"手册上不是写了吗?被猎杀的动物会全部属于我们。不然我们花那么多钱是为什么?"K 耸了耸肩又说,"为了视频效果,录一段吃羚羊的视频,应该也不错。"说着,K 加快了脚步,紧跟在了盖先生和乌布的身后。为了保持画面的稳定,他的身体显得格外僵硬。

天色逐渐阴沉,蜂虫们也不知不觉地消失了,似乎是预感大雨将至,都躲到洞穴中去了。盖先生停住脚,他大手一挥,示意俯下身来。他们目视前方,可前方什么也看不见。

"这次要不要 K 试一下?"盖先生问道。

"我还是负责录像吧。LeiLa 每次录得都摇摇晃晃的。"K将摄像机对好了焦。

"那你准备好了吗，LeiLa？看到它的角了吗？羚羊就在那片树丛里藏着呢。"

"它的角在哪儿？我只看到了那边的一对长颈鹿。"LeiLa戴上耳塞，把枪端起，眯起一只眼睛，枪口瞄准了那堆树丛。

两只长颈鹿在他们正前方大约四五百米的距离，仰着脑袋，优雅地够着树上的叶子，咀嚼着。而对于危机四伏的周遭，竟无一丝的察觉。LeiLa的眼睛开始干涩，不停地挤弄着，并把头抬了起来，一直看着那只体格高大的长颈鹿，心不在焉。盖先生的指引对她来说毫无用处，光线昏暗，她完全看不见大角羚羊的所在方向。

"就是这一刻！"盖先生的一声令下，让LeiLa不得不扣动了扳机，她闭着眼睛，随即开了一枪。枪支的后坐力把她的肩膀撞击得隐隐作痛。瞬时，羚羊不知从草丛的哪个位置跳蹿出来，机敏地跑走了。LeiLa被这一声巨响，吓得有点蒙。K将镜头对准了LeiLa，给了她一个高清的面部特写。她太阳穴的血管凸起，鼻子上的汗珠轻轻沾在皮肤上，脸颊潮红。盖先生拿着望远镜仔细观察着远处。LeiLa 手里依旧紧握着猎枪，屏住了呼吸。

"怎么样？打到了吗？"K 轻声问着盖先生。

"等下，亲爱的，你好像打到了那只长颈鹿。乌布，快去看看。"

盖先生轻轻拍着 LeiLa 的后背，她的身体开始轻微痉挛，双手僵硬地紧紧攥着猎枪。

"没事的，放轻松些，你干得很好！"盖先生一边安抚着，一边小心地从她手中把猎枪接过。

K 继续举着摄像机，跟着盖先生跑了过去。

乌布矫捷的身姿，不一会儿就消失在了前方茂密的灌木丛中，就如同那两只灵巧的大角羚羊般。前方的草丛齐腰高，LeiLa 遮阳帽的绳子不知怎地突然勒住了她的下颚。她急促地呼吸着，感到那根绳子正在深深地嵌入她的喉咙里。她心跳加速，像是有一块透明的薄膜将心脏包裹住。她双手慌张地拼命试图将绳子解开，眼前一片黑。K 的视线终于从镜头里跳出来，忽然发现了草丛中挣扎的 LeiLa，他迅速跑过去，猛地解开了 LeiLa 的遮阳帽，又从她的包里翻出来一个药瓶，把药塞进她的嘴巴里。K搀扶着LeiLa，试图让她坐在草丛中休息。

"我不要坐下来，我怕有虫子。"Leila扶着K的手臂，脸色惨白，一阵阵地干呕着。

K用手慢慢抚摸着LeiLa的后背，试图让她尽快平静下来。等K再一抬头，乌布和盖先生没了影。他搀着LeiLa，抬头望着那从两片乌云间露出的刺眼阳光。

猎犬在远处疯狂地咆哮。乌云终于将阳光全部挡住，一丝凉气忽然袭来。

"我们动作要快一点，要下暴雨了！"K背起Leila，继续向前跑。

"它在这！"乌布叫喊着。

长颈鹿两条纤细的前腿已经跪倒在地，后面的双腿仍然顽强地支撑着身子。脖子绵软地缓慢垂下，像是一根长长的塑胶管子。它的左侧肋骨布满了血迹，但很显然LeiLa的这枪并不是致命一击。血从伤口慢慢渗出，长颈鹿依然在原地痛苦地挣扎着，努力用前腿将身子再次撑起来。LeiLa捂着嘴巴，一只身高近八米、体重约一千七百公斤的生物正在自己面前渐渐死去。她突然被一种说不清的恐惧感包围着。而这庞大的体形似乎又将这种恐惧无形地逐渐放大。

K立刻将手里的摄像机交给了盖先生,并请他继续进行拍摄。他毫不犹豫地从盖先生手中夺过猎枪,朝长颈鹿的胸口,果断、利落地再次补了一枪。

LeiLa抱着头,蹲在地上尖叫着。

"太棒了!真是漂亮的一击!"盖先生挥着拳头,欢呼着,完全忽略了正在疯狂喊叫的Leila。

K又将摄像机接过,对准了长颈鹿。K的瞳孔也随着画面的放大而逐渐扩散开来,时而对焦,时而模糊。他吞咽了下口水,努力让自己精神集中,盯准长颈鹿胸口的枪眼儿。他终于亲手猎杀了一头长颈鹿!猎杀长颈鹿——这个埋藏在K心里多年隐晦的秘密,终于以一种现实而残酷的方式实现了。K屏住呼吸,长颈鹿终于瘫倒在地,直到奄奄一息。盖先生和乌布跑上前,确定已经死去后,给他们做了一个胜利的手势。

"它死了吗?"LeiLa躲在K的身后,不敢面向前看去。

"嗯,死了。"

长颈鹿死了，K这时突然流出眼泪——此刻的他，终于觉得自己是完整的了！盖先生欢呼雀跃，拔了一小撮草，插在Leila和K的帽子旁，"这是胜利之草，祝贺你们！这真是个大家伙，我们要用皮卡车才能把它运回去。"

突然，LeiLa拽了拽K的袖子，一只手哆嗦地指向不远的幽暗处，"你看，它是不是在远处看着我们呢！"

## 2

"你看，她是不是在看着我们呢？"LeiLa拉住K的胳膊，拼命地从网红大会的广场向停车场跑去。LeiLa将身子压低，生怕那个女人会追上来。她恨不得立刻钻进车子里，躲起来。

"别神经兮兮的，说不定人家的车也停这了。"

"不对，她一定知道我们是谁了！你看见她刚才拿手机在拍我了吗？"LeiLa一路小跑地蹿上了车，双臂一直紧紧环抱着自己，"快走！我要回家。"

"回家？我们现在要去见贝克勒。LeiLa，你总这样的话，我也受不了你了。"K知道，LeiLa这是又犯病了。

LeiLa坐在副驾驶，将身体缩成一团，窥视着刚才那个女人。女人似乎又定睛打量了一番，才钻进车里。

"我知道她是谁了，她是蔡琳琳，真的是她。刚才网红大会上，她一定知道我在背后说她丑的事了。我想起来了！"LeiLa将眼睛眯缝起来，煞有介事地回想着刚刚在会场上的一幕幕，大脑飞速旋转，画面闪跳出无数副夸张而充满戏剧感的面孔来，最后这无数张抽象的面孔汇集到一起，变成了蔡琳琳的脸。Leila的下眼睑不停抽搐着，"我想起来了，她一定是在嫉妒我们，嫉妒那个新人奖颁给了咱们。她想报复我，她刚才一直在看着我的胳膊，还嘲讽我，说我的两只胳膊好像不太一样。就是蔡琳琳，没错的。她一定跟会场上所有网红都说了这件事。你说，她跟着咱们是想干什么？是不是要曝光，在网上揭穿我？你看，她还在看我们呢。"LeiLa忽然打了一个激灵，感到有一股寒气在体内上下流窜着。身体逐渐变得僵硬，不能动弹，痉挛从双臂开始一直到脚下。她双手死死掐住自己的大臂，嘴上依旧振振有词，神经兮兮地一直嘟囔着。K将车开出停车场，打开了音乐，试图让LeiLa放松下来。LeiLa看着形形色色的路人，不，那些不是路人，是一双双正在窥视的眼睛和一张张试图将我们淹没的嘴巴。他们就像夜晚森林里那些饥饿的饕餮正警惕、虎视眈眈地注视着自己，时刻准备腾空而起，捕杀的那一瞬间。LeiLa想冲到街上，身体中的野兽正在跃跃欲试地要与它们厮杀到底。

LeiLa不再说话，撑着两只鼻孔用力地呼吸着。她捏着两只令她厌恶的粗细不一的胳膊。指甲嵌入到肉里，印出了一个个血道子。LeiLa的呼吸变得艰难，她感到脖子被一根很粗的绳子在紧紧地勒住。

"你在干什么！"K一声吼叫，立刻将车子停到了路边。K抱着LeiLa，试图将她的两只手松开。LeiLa号啕大哭起来："被他们发现了，该怎么办？他们早晚都会发现的！"

"听我说，大口吸气，再大口呼气……再深呼吸……吐气。还记得上师教你的方法吗？"K用一只手安抚她的后背，另一只手慌乱地在她的包里翻找小药瓶。这时，K和LeiLa的手机几乎同时响了一下，是杨尖尖在催促他们了——什么时候到？贝克勒已经来了。K将两片药塞进了LeiLa的嘴巴里，一脚油门开走了，"赶紧补个妆。"

那条短信像是抽了LeiLa一个嘴巴，使她立即清醒了。她收拾好情绪，擦干眼泪，打开化妆包，对着镜子，借着窗外断断续续的昏暗的路灯，重新补画着口红和睫毛膏。

一年一度的全国网红大会又开始了，场面之大不逊色于某国际电影节。人群涌动，记者像马蜂群般簇拥在红毯两侧。LeiLa和K其实特别怕这种人多的活动，尤其是LeiLa。但这次网红大会，他俩必须要去，去领一个新人奖。他们仅用半年时间，粉丝数量就已两百万，多条视频浏览量达到千万，直播带货一晚上能卖出去八百万。视频内容健康、阳光，简直让世界充满了爱。他们手把手教大家如何健康饮食、合理运动，以风趣幽默的方式传授着专业的健身知识。人见人爱，是网络中罕见的珍宝。他们曾收到过很多粉丝的私信告白，大多都是女性，也有个别男性，都说自己受了LeiLa和K的影响，改变了自己的生活方式，无论是心理还是身体上的，都得到了治愈。甚至还有些粉丝认为他们是天造地设的一对，早就应该在一起。这些留言就是一直支撑LeiLa和K继续做网红、舍弃在北京当高薪金领的动力吧。

总之，在网红大会上，作为新人，他们备受瞩目。会场上，目测有千人，来自各大网站、平台，奇装异服，什么领域的全都有，五湖四海，齐聚于此。LeiLa面对如此的盛况，有些不知所措，总是指指点点地跟K说悄悄话。他们很尊重其他领域的博主，因为深知干这行的辛苦和不易——白天拍视频，夜里剪辑，直至深夜，第二天还有可能遭受网友、粉丝抨击的风险。

会场上，LeiLa觉得有上万个灯泡在烘烤着她；一千张嘴同时在发出"嗡嗡"的声音，她头晕目眩、胃里仅剩的几片菜叶在翻江倒海。这时，主持人宣布大会的颁奖仪式现在开始。巨大的荧幕上，出现了K和LeiLa的视频：户外跑步；在充满阳光的家里自制健康晚餐；在山间和洱海湖畔与志同道合的朋友一起骑车，分享经验。没有人不会喜欢这一对漂亮、身材健美的俊男靓女。LeiLa不敢看荧幕上的自己，生怕被别人发现自己两只异样的胳膊。K拍了拍她的腿示意道，放心，没人看得出来。

关于LeiLa抽脂的事情：

LeiLa抽脂是在她二十三岁时，那年不知怎地，全国掀起了一阵狂热的抽脂风。LeiLa那年刚刚从法国毕业回国，大学四年是全额奖学金。虽说学的是艺术，但她的父亲和继母却没有在艺术界的人脉。LeiLa想去一家时尚杂志公司工作，但谈了半天，也只能从实习生开始做起。LeiLa倒是愿意尝试，但父亲却极力反对，执拗不过，只好硬是被安排在了一家外国公司。LeiLa的法语算是一个亮点，居然被老板重用了起来。年薪的数字对于一个刚毕业的大学生来说，已经十分可观了。然而对于一个北京女孩来说，拿着这么丰厚的工资居然有点不知所措。

LeiLa在法国把自己的身材保持得很好，毕竟是学艺术的，对美的追求也比常人要略微高一点。尽管这样，她还是对自己的两只相对而言较为粗壮的胳膊看不顺眼。不论怎么减肥和锻炼，大臂上的两坨脂肪就是甩不掉。后来才知道，这些脂肪被称作为顽固脂肪。LeiLa和K反复地商量，最终还是决定去凑抽脂的热闹。抽脂见效快，一劳永逸。她瞒着父亲和继母，在K的陪同下，去了医院。当时抽脂技术并不发达，忍着剧痛，做完了手术。恢复了近一个月后，却发现左侧比右侧的胳膊粗一点点，并且左侧胳膊的皮肤从侧面看，也有凹凸不平的地方。虽然总体细了很多，但还是有瑕疵。对于LeiLa这种完美主义者来说，简直不能忍受。医生建议做二次恢复手术，但一想到那种钻心的疼痛，还是退缩了。K安慰她，你又不是明星，没有人会这么仔细盯着你的胳膊看。

随着时间慢慢推移，关于胳膊的焦虑也逐渐淡忘了。K说得没错，即便是在夏天将两只胳膊赤条条地裸露在外，也不会有人真的在意那一点点的不匀称。况且，在衣服的款式上，的确有了很多的选择和自由。渐渐地，LeiLa越来越自信，胳膊上的缺陷也逐渐被淡忘了。

当两人伴着雷鸣般的掌声走上台时，K 和 LeiLa 被数盏探照灯晃得几乎睁不开眼睛，台下变得一片漆黑，看不清人们的面孔。K 的获奖感言说得慷慨激昂，这些都是他的肺腑之言。LeiLa 紧闭着双唇，将目光投射到那漆黑一片的人群中去，凝视着某一点。汗珠不停地从她额头和鼻尖上冒出来——这太可笑，太荒唐了！是时候该将这一切结束了。

LeiLa 挽着 K 的胳膊走回到座位。会场铺着红色的地毯看上去高低不平，像是走在泥沼中，深一脚浅一脚的。这儿为什么要铺地毯，而且是红色的？她最讨厌地毯，感觉脚下全是密密麻麻的虫子和细菌。她在座椅上不停挪动着屁股，又时不时地把双脚微微悬在空中。最后她终于忍不住"腾"地一下，从座位上弹起身来跑向出口。K 恍惚了一下后，也立刻收拾着她的衣服和手包，跟着跑了出去。

出了大门，LeiLa 一直蹲在场外小广场的台阶上，汗珠儿顺着发丝一直向下流淌，汇聚在脖子的褶皱间。小广场很安静，只剩下几盏路灯用来照明。记者们全部塞进了会场。会场的大门将一切的噪音、令人呕吐的香水、魔幻的面孔全部阻断开。负责清理的工作人员，统一着藏蓝色制服，三五成群地散布在眼前的各个角落，收拾场外残局，LeiLa 的眼神不好，天色一暗视线就自动变得模糊。

"你没事吧？" K 也坐在 LeiLa 身旁。LeiLa 双手捂着胃，说自己想吐、恶心，她反复琢磨着是不是要跟 K 坦白自己要退出的想法。

"里面真是又闷又热，早一点出来就好了。" K 一直低头翻看手机，查询关于网红大会的报道，"看，大会的新闻出来了……但是这记者也太差了，把咱俩拍得这么胖。"

LeiLa 惊慌地把脸凑到 K 的手机屏幕上，瞪着圆滚滚的眼睛说："我的胳膊一样吗？"

"没人看得那么仔细。" K 不紧不慢地说着。

"那可不一定，现在也算半个名人了，办事可得小心点。说不准什么人就把我抽脂的事儿给曝光了呢。"

K 继续刷着手机，网红大会直播的浏览人次不断增加，"你看看刚才那些人，有几个脸是没动过刀的。你抽脂的事没什么大不了的。"

LeiLa没再接话，双手支住膝盖，托着腮看着附近正在清理现场残局的工作人员说："你觉得这些清理工人会不会觉得咱们都是大傻×？一边收拾着，一边骂我们。"

　　"可能吧，但我觉得这么多牛鬼蛇神凑一起，也挺过瘾的。"

　　"太傻×了，咱们这到底在干吗呢？跟耍猴儿似的。"

　　"我觉得咱俩耍得还行，算体面。而且都要成明星了，还想怎么的？"

　　"你还记得咱俩那会儿一起在法国学艺术的时候吗，那时候可浪漫……"

　　"记得，那时候真有理想，真有情结，也真矫情。追求那种特别飞的东西。那会感觉像是被你洗脑了。我觉得还是现在好，双脚贴在地面上，踏实。"

　　"我不知道原来你一直都是这样想的。但我一直都想飞起来。你看见那个蔡琳琳了吗？她本人跟视频里可真差得太远了。"

　　K从包里翻出了一块蛋白饼，掰开一半塞进嘴巴里,"一天没吃饭,饿死我了。你要吗?"他把另一半递给了 LeiLa。

LeiLa 摇摇头说:"现在想吃火锅,吃到撑死那种。"

"你感觉怎么样了,能走了吗,杨尖尖刚发信息问咱们什么时候过去呢。"

LeiLa 慢吞吞地站起身来,挽着 K 的胳膊,向停车场走去。他们像两只被追赶许久的动物,疲惫不堪。

3

LeiLa 挽着 K 的胳膊,两人缓缓走进了某高档写字楼里。电梯四面是镜子,LeiLa 仔细照着自己,来回看着裸露在外的两条胳膊,越看越觉得别扭。她又盯着自己的眉毛,总觉得哪里不太对称。她觉得自己的整个身体都向一边歪着,她在镜子中反复调整自己的体态。K 一直咬着嘴唇上的死皮,不停地在回复网友的问题以及和经纪公司对接过几天的直播内容。

电梯升到了二十七层,门打开的瞬间,一阵淡淡的消毒水味迎面而来,这是这个特殊时期应有的味道。活动在健身会所里举办，平时来这儿健身的全是各路明星或是健身博主，大Ｖ级别的人，并且会费极高。只有受邀者或是这里的会员才能进来，密码是通过会所独有的程序发送到手机，实时变更。

整个二十七层全是会所的地盘，装修是那种曾经流行过的性冷淡风，看得出来，多年前这里还是很高级的，但如今，铁灰色的墙壁和大理石地面也显出了略微脏旧的痕迹。数盏暗黄色的小射灯让这里显得更加神秘。在巨大的玻璃门前，K在四处寻找输入密码的地方，LeiLa摆弄着手机，半天才把密码翻出来。K说，要不然让杨尖尖出来接应一下，LeiLa说这可不行，门都进不去，也太土了。又经过了一番努力，门还是没打开。这时，一个男人出来了，像是准备出门抽烟的，但一见着LeiLa和K，又赶紧将打火机和烟塞进了口袋里。不知他在哪儿按了一下开关，门自动打开了，打开的一瞬间，里面的音乐、聊天、笑声等嘈杂声瞬间喷涌而出。

"你们是K和LeiLa吧？"男人看样子四十来岁，皮肤黝黑发亮、健壮，看样子也是个健身爱好者；西装面料很讲究，相貌也还说得过去，总而言之，特像一个成功人士。LeiLa 冲他礼貌性地笑了一下，随便寒暄了几句便往里走。男人把他们带进了 party 中，就不见了。但不知为什么，LeiLa 总觉得他在偷窥自己。

这个 party 是为了贝克勒而举办，他此次来京是参加后天一个某知名运动品牌的新品发布会。来这的人基本都是奔着他去的。LeiLa 对贝克勒还是有些了解的，虽谈不上是他的粉丝，但能亲眼见到他本人，也算得上是一种荣幸。她忽然又被某种耀眼的明星身份所带来的快感再次冲昏了头脑。但让 LeiLa 失望的是，这里没有网红，也没有他们的粉丝，更没有主动要求前来合影的人。此刻的嘉宾，没有谁会把两个区区的网红放在眼里。

"这是我男朋友，小冯。"杨尖尖拉着比她高一头的黑人男友，向他们介绍着。杨尖尖和小冯十指紧扣在一起，应该还处于热恋期。

"这就是 LeiLa 和 K。小冯可是你们的铁杆粉丝。"杨尖尖说。小冯特别热情地跟他们握手，露着一口雪白的牙齿对他们笑着，用一种刻意的北京腔说："你们太棒了！巨喜欢你们俩，每期视频我都不落下。你们也开始玩儿马拉松了？"

LeiLa被小冯的北京话逗得不停地笑。K见LeiLa跟小冯聊得不错，知道她情绪又恢复了正常，他趁机把杨尖尖拉去一旁，神神叨叨地问："你怎么换了个……如此优秀的男友？哪认识的？怎么还叫小冯？我真不是种族歧视啊，就是特别好奇，问问你。"

杨尖尖说："没事，歧视也不碍事儿，能理解。他是南非人，约翰内斯堡的。他爷爷是德国人，以前经营过一个猎场，但后来没落了。但打猎可是他们家的一个传统，小冯也是个狩猎高手，家里跟陈列馆似的，什么稀奇的东西都有。"说着，杨尖尖拿出手机，立刻给K翻看前些日子到小冯南非家里的照片。

K一脸的不可思议，一旁偷偷打量着小冯，"长得倒是挺帅的，五官立体，眼神还挺深邃的。"

"那当然，他可是有四分之一的德国血统，他名字里有个Von，知道什么意思吧？"

K迷茫了，看着杨尖尖。

"说明人家是贵族,所以我叫他小冯。他来中国好几年了,交换生,学的摄影,艺术家。对了,你跟 Leila 以前不是都在法国学的艺术吗,以后你们可以多聊聊。我们下个月去他老家打猎去,你和 LeiLa 跟我们一起呗,人多热闹。"

K 听到"打猎"的时候,眼睛突然亮了一下,想都没想,就即刻答应了。他知道 LeiLa 喜欢南非,总说要去看看那些在草原上奔跑的"大家伙"们。这时候,小冯和 LeiLa 嬉笑着过来了,看来聊得不错。而此刻,party 的巨星贝克勒来了,助理为他引路,缓缓向会所中心位置走去。他本人很精瘦,小臂和小腿全是腱子肉,皮肤黝黑、锃亮,像是抹了油的精美根雕。

"他来了!我赶紧拍点素材去。"LeiLa 说着,拿着摄像机凑上前。

小冯也很激动,几步越过人群,上前拥抱、亲吻。二人像是许久未见的老朋友。

"他们认识?" K 问杨尖尖。小冯和贝克勒俩人认识的事,K 并不感到惊讶,毕竟都是南非的,认识也很自然。

"贝克勒经常去找小冯打猎。过几天我给你发一些关于打猎的注意事项和信息。"

"我怎么突然开始紧张了？别说打猎了，我就连一支真正的枪都没见过。"

"别担心，到时候有猎导带着你们，很容易的。"杨尖尖说得很轻松，像是已经轻车熟路，她又说，"对了，你跟 LeiLa 真的一点希望都没有吗？"

"都这么多年了，要是有戏早就有了。我们就是朋友，当朋友才能更长久。"

杨尖尖意味深长地点了点头，用一副特别惋惜的神情看着 K，"你其实一直都很爱 Leila 吧？"

"要不说你们都是俗人呢。"

K 其实对贝克勒并不感兴趣，对跑步也极为厌烦。他觉得跑步简直就是一项自虐运动，枯燥乏味，且对膝盖也有严重的损害，怎么有人会对跑步感兴趣呢？贝克勒就像一阵凶猛的旋风，吸走了 K 身边所有的氧气，他感到一阵胸闷，而且是那种在跑了三四公里后的窒息感。

K答应了杨尖尖的邀请后，就一直忧心忡忡。"打猎""豹子""长颈鹿"让他想起了从前的一些什么事情，那些事情被他封锁在记忆中最隐秘的地方。他以为，只要不提起总有一天会被淡忘。但谁能想到，在一个热闹的party上，就这么随口被杨尖尖的邀请再次给唤醒了呢？K用一种恐惧、躲闪的眼神，瞄向了LeiLa——她曾经就是那头像长颈鹿一样的猎物。

　　Party直到深夜，终于结束了。K和LeiLa筋疲力尽地撑到最后，到家时已经是一点了。K给LeiLa发了信息，说视频明天再剪辑吧，今晚早点休息。外面有阵阵妖风，K开了点窗户，呼吸着潮湿的空气，对着星星亮起的灯光和偶尔在公路上驶过的车辆发着呆，他像某种夜行使者般守护着夜晚的城市。

　　LeiLa还是打开了电脑，传输数据。她看着视频中的K和自己，又陷入到了焦虑中。窗户留了一条缝，是上午阿姨打扫房间时打开的。一阵凉风袭过后，天开始下雨了。雨点滴落在窗子上，弄花了原本完整的风景。接着，雨声逐渐急促，几滴雨点落进了房间中。LeiLa

一动不动,就这样望着窗外。雨点汇集成流,再也无法独立挂在玻璃上,一道道地、不停地顺延而下。空气里飘散着一股夏日田野的气味,是夏日中的哪一天?她和父母在北京的郊外野餐,也就是在那一天,她第一次看到父亲的情绪失控。到底因为什么事情,会让父亲如此的愤怒,以至于他奋力地用绳子狠狠地勒住母亲的脖子?到底因为什么事呢?LeiLa怎么也想不起来了。

她喃喃地念叨着:"我抽脂,我有罪。我抽脂,我有罪。我抽脂,我有罪……"

这个夜晚注定漫长得没有尽头,远处灯光和广告牌上的霓虹灯,被雨水反射得扭曲、畸形。她所有的空虚、不安、恐惧都随着药物的作用,一直下沉、下沉……她的嘴巴翕动着,直到睡去。

关于K的内心独白:

坦白说,从上初中开始,我就在学校、课外绘画班、舞蹈班、英语班甚至是滑冰场里寻找我的"猎物"。

我喜欢瘦瘦高高、皮肤白净、长头发的女生。当时，我和另外两个同学（是我在绘画班里认识的），一个男生和一个女生，经常约在一起。他们喜欢看我"狩猎"，并且经常打赌，赌注当时对我们初中生来说，还是挺贵的——一张自己喜欢的正版磁带，所以特别刺激。他们说我在"猎场"时，眼睛都是冒着光的，像是豹子。但我不这么认为，豹子起步的速度虽然迅猛，但体格太小，耐力也一般。另一个弱点就是豹子的嘴巴对于那些体形偏大的动物来说有点小。即便能成功扑上一头犀牛或者河马，也无从下嘴。它们无法用锋利的尖牙扎进这些猎物的肉里，原因就是嘴小张不开。我觉得面对那种我心仪的女孩时，我是一个全能型的捕手。在初中时期，我对"爱"这个字的理解还很模糊。

我和他们的打赌，就是能否获得那个女生的一个吻。如果那个女生不听从我的命令，我会对她们进行语言的恶劣攻击，如果她们过分反抗，我就会用武力来制服她们。但随着年龄的增长和身体发育，"狩猎"这个游戏变得越来越无聊了，我和他们也失去了联系。但我对女生或是女人的欲望，却在肆意生长。

LeiLa是我的高中同学，她个子很高，苗条的圆身体，所以她的腰很细。她学习也好，总是班里的前三名。她说以后想出国，想去欧洲学艺术。我觉得她很成熟、很理性同时也迷人。在这个年纪，就已经明确了自己的未来。她不太爱笑，总是一副很严肃的样子，和现在的她简直判若两人。或许是因为她的严肃，我对她的爱意一直很克制。我不确定LeiLa是否需要朋友，她一心在学法语、英语，跟我们班里所有人都格格不入。我只能远远地望着她。

　　我该如何成为你的朋友呢？我想了很多办法，最后我决定让你的理想也变成我的。这或许是天意（我总觉得，这一生的运气全部都用在了LeiLa身上），我们班来了新同学，老师将我和LeiLa的座位调换在了一起。课间，我也开始自学英语，阅读和艺术相关的书籍。LeiLa终于对我开始感兴趣了，我们交换书单，她还给我介绍了一个法语老师。周末，我和她会一起去上法语和英语的课外班。LeiLa对我来说不是猎物，我也不是狩猎者。我们是一同并肩行走在猎场里，与世无争、优雅的长颈鹿。我们逐渐变成了一个人，正如我曾经幻想的一样。

当时我想，这或许就是爱吧？

不知不觉中，我也爱上了艺术，小时候的绘画基础算是派上了用场。我和LeiLa一起考去了巴黎的一所艺术院校，我学室内设计，她学艺术理论……

谁会想到，LeiLa去了巴黎后会患上抑郁症呢？每当她瘫躺着，无力起床，抱着我时，我都会尝试、具有探索性地展露出我对她的爱意。起初，我有点兴奋。从某种程度上，每当这一时刻她只属于我。但随着病情的加剧，我对她的幻想却在惋惜、哀痛的失望中，慢慢消散了。她开始逐渐依赖于我，像附在身上的寄生虫，消耗、啃食我。这令我很郁闷，我对她的一切幻想全部终止了，而且是戛然而止的那种。

我一直在找寻答案，我逐一翻阅过去的日记，突然发现，LeiLa其实一直都是我的猎物，是那头庞大的犀牛，而我则是那只永远也张不开嘴的豹子。我一直尾随其后，一直等待那个不能出现的机会。而现在，那头犀牛已倒在一旁，残喘着，我也疲惫不堪，只能眼巴巴地看着它一点点地腐烂掉。

在我们毕业后回到北京，我才偶然发现，其实Leila

并不喜欢艺术。她只是想用艺术来隔断一切与现有的联系，她要用这种自我逃避的方式，逃避一切她所厌恶的东西和人。但我一直不明白，她想逃避的到底是什么？当我真正理解LeiLa的时候，我也不再爱她了，我开始同情她，为她而感到伤感。我也没有再爱上过任何一个女人，甚至对女人多少产生了些厌恶感，或是说，这是我对自己的厌恶。

这些事，我从来没有向LeiLa袒露过。

4

那次party结束后，LeiLa特别兴奋，甚至可以说是亢奋。一是因为粉丝量迅速上涨，那条拍摄和贝克勒一起参加party的视频浏览量也破了百万，因此好几家运动服装品牌，甚至是电子产品都找到他们拍广告。起初，贝克勒的团队要求K和LeiLa将视频删掉，但后来迅速被小冯摆平了。二是因为下个月就要动身前往南非打猎，LeiLa开始忙着网购此行的装备和书籍，还准备再斥巨资购置一部小型的高清摄像机。她完全没有顾及到 K 的萎靡。

在计划去打非洲疫苗的前一个晚上，K 终于发了信息给 LeiLa：

K：其实我一点都不想去非洲。

L：为什么？都答应人家了。

K：不知道为什么，心里总是有点担心。我们能取消行程吗？

L：当然不行了，咱们去那边拍视频，打猎素材没人拍的。这个题材肯定是个爆款。不要多想，咱们就当去玩，我们都需要换换心情。

K 没再回复 LeiLa 的消息，躺在沙发上，发着呆。夜晚如此安静，随着手机屏幕所发出的光熄灭，家中漆黑一片。K 半睁着眼睛，将目光锁定在了落地窗外的夜空上，星星闪烁可见。他感到身体轻飘飘的，随时会浮到半空中一般。白天忙碌过后的沉寂，让他感到无比空虚和萎靡。不知道过了多久，手机又响了，是杨尖尖发来的信息，她将去打猎要准备的服装和注意事项、猎场介绍信息全部发来了。他点进了一个链接，是一个狩猎的价目表：狒狒1500元（公）、4000元（母），大角羚羊9000元，斑马11000元，旋角羚（公）10000元，旋角羚（母）12000元，赤猥羚12000元，条纹羚13000元，非洲野猪4500元，长颈鹿25000元，花豹40000元，河马50000元……杨尖尖提示道，要提前预订猎物，以及提前准备好狩猎的必备品。小冯认识他们的老板，可以让老板打七折。

他闭上干巴巴的眼睛，靠近后脑勺的部位一直在隐隐作痛。他仔细体会这一下下的疼痛感，并且任其这样发展下去。自从他将注意力放到后脑部位后，就再也感觉不到身体的存在了。他思索着，是否应该起身倒一杯水呢？但由于身体的消失，使得他无法动弹一下。

对于去非洲的事，K总有种不好的预感。他反复思索着，自己到底在害怕什么？多年前在补习班和滑冰场那些不堪的画面，若隐若现。为此，他感到阵阵不安，努力地想些别的事情，把那些让人作呕的画面逐出眼前。更令他出乎意料的是，他以为和Leila在巴黎留学的那几年，自己已经随着 Leila 病情的加剧，从那些扭曲、不堪的记忆中抽离，逐渐变成一个健全、阳光的人。可谁知道，即便多年过去，曾经的画面已被烙上了印记，仍挥之不去。K 在回忆的泥沼中越陷越深，无法自拔。那些感官和意识逐渐变得清晰，甚至让他激发起了曾经那熟悉的嗅觉和触觉的记忆。

K 的头疼不知不觉地消失了，紧张抽搐的眼皮和用力噘起来的嘴唇放松了下来，随着阵阵清爽的夜风，逐渐睡去。终于，他再也感觉不到自己身体任何一个部位的存在了。直到清晨第一缕阳光照在脸上。

5

当约翰内斯堡的第一缕阳光照射在 LeiLa 脸上时，她将即刻要释放出来的怒火又压了回去。就在上个星期，她刚做完面部的祛斑皮秒，医生说一定要注意防晒，否则就会适得其反。LeiLa 戴着口罩和一个宽檐遮阳帽，把头部包裹得严严实实，只露出了两只毛茸茸的大眼睛，假睫毛忽闪忽闪的，显得格外不自然。

在出发以前，他们商定好，此行不管遇到任何困难和问题，都不能发脾气。他们落地后，立刻联系杨尖尖，但她的电话始终打不通。K开始焦虑了，总有一种说不清的恐惧感。他觉得自己和Leila正在一步步地陷入一个被计划得十分周密的陷阱里。擦身而过的路人，也都变得鬼鬼祟祟。他忧心忡忡，但始终也没有将这种不好的预感告诉Leila。

猎场距离约翰内斯堡约五个多小时车程。他们按照杨尖尖发来的地址，顺利抵达了KILIMA猎场。LeiLa自从下了飞机，就拿出了新购置的小型摄像机，一路走一路拍，看哪儿都是新奇的。

在前往KILIMA猎场的路上风景很美，这里的八月并不炎热，反而一直阴着天。广阔的淡灰色天空与延绵的草原在远处交会。经过三小时车程，他们终于缓缓进入了KILIMA。司机小哥说："这里就是猎场了，为了安全起见，还是关上窗户。你们先到猎场酒店办理入住，之后……就祝你们好运吧！"

在出发前的一个月里，他们在网上购买了大量关于南非狩猎的书籍和旅游攻略，煞有介事地讨论如何猎杀一头大家伙，用看动物纪录片和上网查资料的方式打发着寂寞、无聊的夜晚。LeiLa会在K的家里，调暗灯光，说晚上打猎更刺激。LeiLa说她喜欢打羚羊，K就在家扮演一只正躲在树丛中吃草的羚羊，用餐桌和椅子当作树丛。LeiLa就会双手端握住一根法棍面包，戴一顶大草帽，身上还得披着一块绿色毯子，说到时候用来伪装自己。LeiLa告诉K了一个秘密——当她小时候看关于打猎的电影和画面时，她就特激动。她隐隐地觉得，自己上辈子应该是一个职业猎手。当杨尖尖提出这个邀约时，她真有一种被老天眷顾的感觉。她想猎杀一只豹子，她喜欢豹子的花纹。LeiLa每次从餐桌椅后面突袭K的时候，她都会跳上K的后背，用放了三天的法棍或是鞋拔子、衣服架子等一切她当作武器的家伙事儿来敲K的脑袋。有几次，K真的生气了。可每次K生气时，LeiLa就扮成猎物蹲在地上，主动把手中的武器交给K。K懒得搭理她，并且明确表明，此次非洲之行，他只负责录像。

　　K和LeiLa在城市的路上，幻想着大草原，幻想着拥堵在路上的公共汽车就是体形庞大的长颈鹿，大卡车是大象，电动车们是斑马和羚羊，拥挤和擦肩而过的人群就是草丛。他们在草丛中缓慢、小心前行。闭上眼睛，仿佛已置身其中，满眼全是刺眼的阳光和泥土的芬芳。

　　杨尖尖的信息还是可靠的，KILIMA猎场的酒店确实是五星级标准，沙发、座椅、地毯全是动物皮草制作，就连洗手间的地上都是动物的皮毛。墙上的标本至少有十多种不同的动物，大大小小，将它们恢复到了死前的样子，栩栩如生，像是下一秒就会张开大嘴把你吃掉。LeiLa在酒店大堂办理入住的时候，被一直悬挂在墙上的羚羊牵走了魂。她一直盯着那羚羊的眼睛，感到后背一阵刺痛。办理入住的是一个长得很精巧的黑人女子，她递给了Leila和K一张狩猎手册，并帮他们预约了明天的射击训练、安全课，以及猎场地图讲解，猎导会安排所有的一切。

　　简单安顿后，他们回到了房间一下子扑在了床上。一路上身体的疲惫终于得到了释放。LeiLa望着壁炉柜上摆着的一只非洲犀鸟，呆呆地，像是自言自语地说：

"你看见刚才酒店大堂里的那个羚羊头了吗？"

"看到了，这里面四处都是动物，还真有点瘆人。"K一边整理衣物，一边参观着房间，以及房间外的风景，"你不会是害怕了吧？当初我说不来，是你非要来的。"

"我不是害怕，就是突然觉得很恶心。真恶心。"

K从洗手间的门里，悄悄探出了半个脑袋观察着LeiLa，LeiLa依旧保持着那个姿势，瘫在床上，一动也不动。

"外面的风景很好，那边好像是一群水牛，还有长颈鹿。你过来看看吗？"K试图让LeiLa兴奋起来，但似乎无济于事。然而此刻杨尖尖还是杳无音信，K突然心烦意乱：

"你总是这样半死不活的要到什么时候？！"

话音刚落，LeiLa突然露出一副百依百顺的姿态，似乎是在乞求K原谅自己不稳定的情绪。傍晚时，杨尖尖终于发来信息，说小冯在回约翰内斯堡的飞机上突然发烧了，高烧四十度，她很抱歉这次不能一起打猎了。

K向LeiLa念完信息后,长长舒了一口气。

一声沉闷的雷声隐隐地从天际传来,K盯着那只老鹰的眼睛,惶惶不安。

6

突然下起的暴雨,让夜晚变得潮湿。空气中泥土和植物的气味愈加浓重,芬芳中带着股幽幽的腥味,或者,那就是某种动物尸体的腥味。K陪着LeiLa一直站在猎场的酒店大堂门口的对面。夜晚的猎场,像是另一个世界——它是漆黑的,没有边界。它汇聚了关于生命的所有能量,索取和守卫。这幽暗的世界,像是黑洞,吸引着狩猎者们对征服动物的熊熊野心。动物们各自寻觅看上去可靠、安全的地方,安度夜晚,消化白天所遭受的一切暴力、恐慌。尤其是那目睹这场猎杀而幸存的另一头长颈鹿,它是否会和其他动物窃窃私语,密谋着有朝一日进行一场反人类的大屠杀。

LeiLa双手交叉在胸前,迟迟不肯进房间。她用一种木然且保持警惕的眼神盯着远处那个黑暗世界的某一个方向，她总觉得有双眼睛在草丛中在偷窥她、召唤她。

"亲爱的，我受不了这股味道，鼻炎也犯了。我们回去吧？"K揉了揉瘙痒的鼻子。

LeiLa的灵魂出了窍，全然没听到K的话。思绪的碎片相互交织，她想着，如果没来到这里，我此刻的境遇就会大不相同，我为什么要见证这一场灾难？此刻的她很平静，没有要责怪任何人的冲动。是的，是她误杀了一头无辜的长颈鹿。不，从某种意义上来说，它或许不是无辜的，所有在这猎场的动物都不是无辜的。但确定的是，这是一场巨大的谋杀。而那头母长颈鹿就是见证者，见证着我们这一行人的罪恶。那颗子弹就是证据。虽然那致命一击是K射中的，但那都不重要了。悲痛，她感受到了死亡带来的巨大的悲痛，不是因为猎杀了长颈鹿，而是因为这一场残酷的谋杀。她无法原谅自己，这种悲痛是永无止境的。忽然间，她又感到了一种愤怒，那草帽上的胜利之草又是什么？它代表着奸诈、虐杀、掠夺、罪恶。欲望驱使我来到这里，是欲望蒙蔽了我的眼睛去看见真相，幻象越近，离真相就越远。她感到这一切就像是一个骗局。她试图逃离这片长满野草的猎场，疯狂奔跑。

"LeiLa?" K碰了碰她的肩膀。

"那头长颈鹿还是有机会活命的。是吗？"LeiLa双眼布满了血丝，用一种怀疑的眼神看着K，"它和死去的长颈鹿是一对，盖先生能确定吗？"

"不让动物痛苦地死去，是猎手的使命。"

"太疯狂了，这是一场骗局、陷阱。"LeiLa的声音越来越小，最后的几个字完全发不出声音来了，K听不懂她在说什么，只想立刻回去剪辑视频，随便找了个理由离开了，可就在回房的路上，突然又碰到猎场的老板——绿树先生。他在等一个重要的客户。

"你的女朋友还好吗？小冯是我老朋友，你们有任何需要都可以告诉我。"绿树先生把K请到了酒店的吧台，并帮他点了一杯酒。

"消息传得可真快呀。"K不想去辩解。

"这种事儿常有的，第一次打猎受到惊吓，很正常。我很理解她。对了，我们这里有很好的心理咨询师，如果需要……"

"不,不,真是谢谢您。我朋友休息一晚,第二天就什么都不记得了。"K立刻打断了他。

"那你怎么样?你那一击真是漂亮。之前打过猎吗?"

"或许吧。"K看着绿树先生的眼睛,他对一个完全陌生的美国人,似乎更真诚一些。

绿树先生端起酒杯喝了一口,威士忌在嘴巴里晃荡了一圈,很想再跟他聊点什么。但他的客户来了,他不得不遗憾地离开了。

他不知道这一击是好还是坏,预想和实际发生的总是存在着差距。毕竟,那是一个生命,况且对于他来说,又是如此的巨大。当长颈鹿缓缓跪倒,脖子绵软地垂下时,他感到自己的身体也在逐渐消失。那一刻,他体会到了"生命"这两个字给他带来的切肤之痛。他忽然又意识到,那么在此之前,"生命"对于他来说是什么?这是一个他无法回答的问题,就如同"死亡"一样。K端着酒杯,咂摸着嘴里苦涩的威士忌,他觉得自己从来没有真正拥有过生命。这些问题让他的大脑停止了运转，一切都停止了，只有这个庞然大物在缓慢地瘫倒，消亡……K攥握着酒杯，在一片闹哄哄的谈话声和欢快的音乐中，陷入了沉思。

LeiLa凝望着远处漆黑一片的树丛，那是树丛？她也不确定，只是总觉得那里有一双眼睛在偷窥着自己。陡然间，一种莫名的力量迫使她迈开了双腿。她像是被施了咒语，不受大脑的控制，同时也感觉不到四肢和躯体的存在，只有呼吸和一种莫名的隐隐恐惧在大脑里徘徊着。唯有这幽幽地恐惧，才能让她感到自己的存在。LeiLa的双眼一直注视着那里。她一步步地走出了酒店大门。夜晚冷风袭来，她一点也不觉得冷。夹脚的室内塑料拖鞋，被泥土不断地粘黏着。她逐步、缓慢地向前走……

LeiLa，LeiLa。有一个低沉的声音在她周围回荡着。她驻足在原地，四处张望，可是除了杂草和远处的一棵轮廓模糊的大树，什么也没有。LeiLa，LeiLa！还是那个声音，它变得愈加缥缈。她继续往猎场的方向走去，夜晚的天空逐渐碎裂开，暴力、残酷、绝望、寂寞的碎片向她砸去。又是那个声音,她仿佛被无数条绳子捆绑着。没错,就是这恐怖、让人窒息的绳子。她试图挣脱和逃离,渴望一个可以将她救赎的呼唤——LeiLa!我和妈妈都爱你!她渴望家人、K以及网络上的众人对她这样说——LeiLa!我们真的很爱你。耳鸣将她的头颅刺穿,她终于躺在了地上。

7

就在暴雨来临之际,当Leila还在医护室昏迷时,K就已经将剪辑好的视频上传到了网上。他花了将近两个小时整理素材,把所有精彩的画面完美地拼接到了一起。LeiLa开枪击中长颈鹿的画面,他看了一遍又一遍。K十分确定,这将是他们有史以来最精彩的一次视频。

医护室四面惨白的墙壁阻断了网络信号。K双手举着平板电脑,来回在狭小的房间里踱步,试图连接。不知是否因为连续降雨的关系,灯光忽明忽暗,没有规律地窜动着。该死的灯泡,把K的心绪扰得更加烦躁。LeiLa的点滴以平均两秒钟的速度,缓慢进行着。K再次检查了一遍 LeiLa，确定她安然无事后，冒着雨跑回了酒店。

酒店大堂的休息区里人声鼎沸，太阳渐渐沉入大地。下雨的夜晚，客人们无处可去。他慌张地找了一个空位坐了下来，第一时间连接成功网络，把编辑好的语言和视频一下成功上传了。头发上的雨水，一直往下滴，不一会，脚下便汇集了一小洼的雨水。他注视着电脑，电脑屏幕把他的脸映得煞白。休息区的背景音乐像是苏格兰手风琴民谣，活泼、欢快，所有客人似乎都沉浸其中。偶有三四对的情侣在人群的空隙间扭动身体，相互亲吻。K 像是被一个无形的、透明的玻璃罩隔离了出来，而灵魂又随着电脑发出的光晕，游荡进了一个庞大的、有序的未知世界中。

第一条评论出现了——真的是 LeiLa 击中的吗？太帅了！

第二条评论出现了——是 LeiLa 打中的？她怎么能下得去手！太残忍了。

紧接着，第三条——第二十条——上百条的评论都在控诉着LeiLa的残忍、血腥、暴力……一发不可收拾，网络民众开始对他们进行严厉的批评和道德指责，让K的心脏一直发紧。他再一次点开视频，将画面快进到LeiLa击中长颈鹿的那一段。的确，在LeiLa失误击中长颈鹿之后，K的身影就再也没有出现在画面中。自从盖先生接过摄像机，他就一直将画面对准了长颈鹿。直到它缓慢地瘫倒在地，他们才又重新出现。而这击毙长颈鹿的凶手，网友们认为是LeiLa也理所应当。

  评论和转发速度继续疯狂地向上飙驰着。那些在一开始称赞LeiLa勇气和身手的声音，早已被淹没得无影无踪。仅一个小时，他们的视频立刻被顶上了热搜。K措手不及，想立刻将那条视频链接删掉，但一切的措施都已于事无补。激动狂躁的网民早就在网络的另一头虎视眈眈地盯准了他们，并且试图用一种最迅速、猛烈的方式将他们干掉。就像一阵剧烈的龙卷风，将他们拔地而起，啃食得不留痕迹。视频被迅速地复制到了各大账号里，他们瞬间被推上了浪尖。他们是万众瞩目的焦点，高高在上，全网巨星。K想关掉手机，但迟钝的网速加上巨大的留言和微信信息，电脑屏幕纹丝不动地卡住了。K像发了疯一般用力敲打着屏幕,但电脑依旧没什么反应。

"需要帮忙吗?"一个年轻、样貌英俊的亚洲男人,端着一杯酒来到K的身旁。他的英语好极了,听不出有什么口音。

K恍惚着抬头看了下他,突然将电脑关上了,好像怕被他发现什么一样。

"有什么事吗?"K起身,一边慌张地收拾东西,一边试图离开。

男人迅速扫了一眼他的电脑,又说:"这里的服务生告诉我,刚才的暴雨把附近的网络电线给搞坏了,所以现在都上不了网。你看大家,都在这喝酒聊天呢。"

"网断了!这该死的倒霉地方。"K急了眼,抱着平板跑到了酒店大堂,寻找服务人员。男人在远处望着他,现在确定了,就是K!男人认得他那两条粗壮有力的大腿,和两侧不太对称的斜方肌。那LeiLa去哪了?K跑了一圈,愤怒地又回到了原来的位置上。他想象着此刻社交平台上的无数种可能性。此刻,他已经被那些谴责的评论和无法掌控的世界分割得四分五裂，身体的碎片无序地失衡在这个闹哄哄的猎场酒店里。

"你还好吗？"

一个喷嚏将 K 拉了回来。

"别误会，只是觉得你很像一个人。你是中国人吗？"男人用英语问着他。

"我想你是认错人了。"K 感到一阵恐惧，生怕他会说——你是 K 吧！

K 头发上的雨水逐渐晾干，几根自来卷的头发蓬松凌乱地散在面前。

"我没事，抱歉，我现在要回房间去了。"K 把脸扭了过去。

"你是 K 吧？"男人终于用中文说出了口。

K 像是被吓了一跳，突然定住了脚步，仔细看着他，似乎觉得有点眼熟。

"是不是想起我来了？"

"哎？我想起来了，你是给我们开门的那个人吧？在那个 party 上？"

"谢天谢地，你终于想起来了。但你别误会，咱们在这儿相见纯属偶然……准确地说,也没有那么偶然,是杨尖尖的男朋友约我来的。我到这里后,才知道,你们也来了。"

K一下放松了警惕,将后背和肩膀松弛了下来,微微拱起后背,坐了下来。

"我其实是想来感谢你的。"他接着说,"是你和LeiLa把我太太的病治好的。我不知道该怎么说……她有抑郁症,看了很多心理医生。我现在才知道,心理医生都是骗人的。"

说到这里,K的面目表情才逐渐放松。没错,心理医生都是骗人的,他们只会给LeiLa一直吃药。

"我太太每天就窝在家里,不出门。偶尔的社交就是刷一会儿手机。有一天,她突然看见你和LeiLa了。我记得很清楚,你们是在录一期由减肥引起的抑郁症。那一期视频,一共有半个小时。我和她一起看完的。我认为你们说得很对,因为减肥引起的焦虑和抑郁症是存在的。当时我太太并不感兴趣,只是觉得这两个人有点意思,把这么严肃的问题展现得还蛮有趣的。但你知道,她那时候对什么都提不起兴趣。后来,不知道从什么时候开始,她就每天等着你们的视频更新。她还会跟我抱怨,他们俩为什么更新速度那么慢?我也开始关注你们的视频。直到有一次,你们在讲关于骑车越野的事情。我太太突然说想和我一起到你们骑车的那个地方去看看。我很激动,她第一次提出想要出门走走的想法。我和她一起去了,后来又买了两辆越野自行车。我陪着她,几乎每个星期都要进山里一次。后来你们又在讲马拉松的内容,但马拉松对我们而言,简直是天方夜谭。但她觉得你们跑步的装备都很好,你们介绍一切户外的用品、衣服、鞋子、手表,她一个不落地都要买。她简直就是你们的铁杆粉丝了。我不在乎她买什么,她要去哪里,只要她开心,我什么都愿意付出。"

K坐立不安,一种愧疚感和遗憾从心里生了出来。他眼神闪躲着,生怕被他发现什么一样。他不想再听下去,突然打断了男人的话。

"那你太太她人呢?你没带她来这里吗?"

"她怀孕已经六个月了。"

"那你怎么放心她一个人在家?"

"她妈妈陪着她在广州，吃吃喝喝。这也是因为你们有一期视频。是你和LeiLa在广州参加铁人三项的那一期。你们可真会利用机会，不放过每一次录视频的机会呢。"

"她愿意你自己出来……玩？"

"她也很感谢这些年我对她的陪伴，她其实是一个很温柔和体贴的人。她想给我放一个假。打猎也是我一直以来的梦想。我答应带回去一张斑马皮送给她。"

K很确定，这个男人目前还没有看到昨天的视频，网络还没有恢复，LeiLa也还不知道。现在还来得及挽回这一切吗？

8

LeiLa再次缓缓睁开双眼时，已经到了早上，斑驳的天花板上像是冒出了许多棕褐色的蘑菇。K的皮肤又变深了一个色号，他的几颗大白牙在不停晃动着。过了好一阵，K的脸才变得清晰，她的听力也逐渐恢复了。

"LeiLa，能听见我说话吗？"

"嗯……我在哪儿？"

"我们在医护室里。"

LeiLa费了很大的力气，将身子往上拱了拱，"头太疼了。我怎么在这？好像断篇了，咱们昨天喝酒了吗？"

"先别动，点滴还没打完呢。你先告诉我，昨天晚上是怎么回事？我们发现你躺在了猎场附近。你去那里干什么？"

"嗯？完全想不起来了。"LeiLa努力回忆着，片刻后突然抓住K的胳膊，"昨天的视频你上传了吗？"

"已经传到网上了。"

"快删掉，赶快删掉！这个视频坚决不能发到网上去，否则我们就完蛋了。这太残忍、太血腥了。我不想待在这了，我要回家！"

K紧闭着双唇，既无焦躁，也无愠色。他木然地望着Leila，脑袋里竟一片空白。他自知，无论是对于Leila，还是那条视频，他都已无能为力。他从来没有感到像现在一样束手无策。

"还愣着干吗？手机快给我。"LeiLa像是疯了一般试图去抢K的手机，手背上的针管牵动着点滴的玻璃瓶子，不停在摇晃。

视频在网上引爆了一场动乱，LeiLa 和 K 早已在那个虚拟世界中被撕碎。可接下来该怎么办？起初，当视频上传后的两分钟，经纪公司就以敏锐的嗅觉发现了什么，并且立刻给 LeiLa 和 K 打了电话，叫他们立刻删掉。但就在酒店网络被雨水冲断的片刻，那些狂热的网民就将事情立即发酵了，他们错过了经纪公司最后的警告……当网络恢复正常后，一切早已超过了他们的掌控。更糟的是，网友们似乎对 LeiLa 的指控更加强烈。K 看着面色苍白、假睫毛几乎掉得干净、左右手臂粗细又不那么匀称的 LeiLa，心生一种无法言说的愧疚和心疼。而此刻的他，又觉得自己像是被困在猎场的动物，无处可逃。

当盖先生带着午餐推门进来时，隐隐地觉得此刻的氛围有些凝重。他清了下嗓子，将旁边的一个白色小餐桌推了过来。他没说话，像个哑剧演员一样，安静地将篮子里的东西依次摆放。

"这是什么？好香啊。"K 看着一块用牛皮纸包裹起来的烤肉。

"试试看吧，你们一定会喜欢的。"

K双手捧起了一块焦嫩的烤肉，它被切成了像拇指大小的肉条。它应该是被腌制过了，烧烤酱混合着一种难以描述的清香味。外面天色阴暗着，昏天黑地，K和LeiLa已经完全忘了时间，也忘了自己多久没有进食了。

"视频的事情不用担心，我会处理好的。"K安慰着Leila，又递给了她一块肉条。

K一边咀嚼着，一边露出了喜悦的神情。这是他从没尝过的味道。

"好吃吗？"Leila表情终于放松了。

"这是什么肉啊，太好吃了，像黄油一样，入口即化。"

LeiLa没什么胃口，只是出于好奇，用一种犹疑的态度，生硬得像是丝毫没有分泌出半点唾液地咀嚼着。

"这是你们的战利品。"

K的嘴巴突然停住了，LeiLa一下将嘴里的肉喷出来，捂着嘴巴将胃里所剩不多的残渣全部吐到了床沿、被子、床单和地上。这股子酸臭味让她一次又一次地干呕，最后吐到连胃酸也没有了……K慌张地跑出去寻找护士。

盖先生也忙不迭地四处打转,收拾残局。

屋外的闪电照亮了这间小小的医护室,他们在忽明忽暗、四面惨白的房间里,惊慌失措地暴跳着。

## 9

自从昨晚,雨一直没有停过,乌云笼罩着这片辽阔的草原。眺望远方,是一望无际令人绝望的灰。下午两点左右,淅淅沥沥的小雨忽然间转为暴雨,它来得如此猛烈,措手不及。K带着LeiLa回到了房间,医生说她已经恢复了意识,再继续待在医护室里也毫无意义。K心烦意乱地翻看手机,LeiLa躺在床上,吃了几片镇静神经的药,又睡过去了。她还不知道发生了什么。K用力吞了下口水,坐在一张桌子前,双手一直揉搓着平板电脑……想了很久后,他最终还是鼓足勇气点开了那个社交App。成千上万的消息扑面而来。

——这两个人渣,应该滚出健身圈!

——当网红是不是很赚钱呀？有点钱就想上天了……

——真是没有道德底线，应该封杀他们。

——可怜的长颈鹿，它的另一半是不是在旁边看着他们呢？

——现在的网红可真有钱，都能到非洲打猎了？他们到底坑了我们多少钱，看看他们用这些钱都干了什么？贱货，封杀他们。

——我知道他们住哪和具体地址，谁想要，就关注我的个人账号，私信我。

远处一声枪响，割裂了夜晚的宁静。K像一只被枪指着脑袋的兔子，一动不动，心脏猛烈地跳动着，嗓子眼也感到阵阵剧痛。紧接着，又是一声枪响，枪声久久地回荡在夜空中。不知为何，一种莫名的伤感和痛苦就在这一刻，全部迸发了出来，眼泪迂回着，但K仍旧僵持在那里，继续聆听着外面的响动，可是什么也听不见。枪声在猎场里游荡了一圈后，猎场又恢复了原有的寂静。那又是什么声音？是动物的哀号，还是狩猎者的欢呼。这太蠢了！太荒唐了！K好像被那两声枪响点亮了头脑突然明白了什么，他用力扣上电脑，拔掉电源，将手机愤怒地扔在地上。他躺在LeiLa的身旁，LeiLa的侧脸还是那样恬静。K闭上眼睛，仿佛听到野兽们在猎场里此起彼伏的嚎叫声。他顿有所悟，感到有另一件更重要的事情正等待着他思考和担忧。他闭上眼睛，整个人像飘浮在太空里，而那个此刻正发生在另一个世界中的麻烦已无足挂齿了。

## 10

K在清晨被一声动物的嘶吼声吵醒，他猛然睁开眼睛，恍惚地凝视着四周，发现Leila已经不在了。他坐起身来，回想着昨晚的梦。他梦到自己飘到了外太空，俯视地球，地球飞速旋转，发出一道道颜色绚丽的光。那个梦真奇幻，令他心情愉悦。K走到窗边，推开窗子。草原这生机勃勃的景象，亦真亦假。K不禁惆怅起来，并意犹未尽地咀嚼着梦的残渣。

雨似乎下了一整夜，清晨的空气中凝结着水汽，天空还是那么的低沉,厚重的云遮挡住了阳光,分辨不出太阳的方向。K简单洗漱后,突然发现电脑停留的页面中,那条视频已经被删除,但网友谩骂的留言却依旧保存着。是Leila!她终于还是发现了……K迅速跑出酒店,奔向猎场。

周围的树丛微微晃动着,动物在不远处发出低沉的吼声,若隐若现低矮的身影潜伏在暗处,腥乎乎的气味随着阵阵凉风徘徊在面前。泥泞的土地上,有动物凌乱的脚印,脚印铺向远处,消失在草丛中。K继续步步小心谨慎地向前走去。

"你在找我吗?"

K突然颤抖了一下,是Leila。

"你吓死我了。怎么也不说一声就跑到这里来了?"

"早上睡不着,就来这里散散步。"

"这里太危险了,咱们赶紧回去。"

"等一下,前面有条小溪,那里很美。"

Leila一边说着,一边向前走,"这是我今早发现的。"

K本想问Leila关于视频之事,可她看上去像什么都没发生般的淡然和愉悦。K忧心忡忡地跟在她身后。果然不远处有隐约的流水声，声音如此清澈悦耳，像是清风中的铃铛，沁人心脾。树丛渐渐绵延开去，渐渐稀疏了，淙淙小溪绵延曲折地顺着一个方向流淌着。Leila找了块有一半埋在淤泥里的大石头，坐在上面，并给K也腾出了一个位置。

"你也陪我一起吧？"LeiLa轻飘飘地跟K说，从一个盒子里拿出了一根卷得七扭八歪的细烟卷儿。

"你怎么还抽上烟了？我不抽。你也别抽了。"

"不是烟。你试试。"LeiLa和K坐在猎场的一条小溪旁。雨终于停了。小溪清澈，不停地流向猎场深处。K一直望着小溪的尽头，不知它通向哪里。

"这是从哪来的，谁给你的？"

她用力划了一根火柴，"嚓"的一声，变出了一团刺眼的火。火苗把她的脸映得有些模糊，随着火光的晃动，鼻子和睫毛也在微微摇晃着。她张开有点干裂的嘴唇，吸了一口，停顿了下，缓缓吐出，递给了K。

"是绿树先生，他很担心我。你不是说心理医生都是骗人的吗？这个可能会更有帮助。"

K时不时用余光看着Leila，生怕她会做出什么让人意想不到的举动。但Leila没有，眼睛一直看着远方，她将目光放得很远，好像能看见很远很远的地方。

Leila将烟卷点燃，吸了一口气，又递给了K。K也吸了一口，没过多久，他就感到天旋地转，眼睛也睁不开了。

K隐约听到LeiLa说："你陪我一起看雨好吗？你看，这急匆匆的雨，落在地上，汇聚成一摊摊的水洼，它们互相拥抱着、互相温暖着，一定不会寂寞。你说是吗？"淅沥沥的流水声，像是雨点们在击打、碰撞。雨似乎越来越大，大到我们听不见彼此的说话声。

当K再醒来时，LeiLa不见了，但她的衣服甚至内衣内裤全留在了K身边。K头疼欲裂，不知昏睡了多久。远处的天空蒙蒙发亮，那是洁白的月亮所发出的光。这是哪里呢？一层薄雾笼罩着周围，猎场像是变了样子。K没有方向地拼命奔跑，月光下，一头美丽的白色长颈鹿从层层雾气中缓缓朝他走来，那是你吗——LeiLa？

# 白色长颈鹿

○

老贺幻想过很多他与竹桑再次见面的场景，可能是在女儿的婚礼上，可能是在竹桑父亲的病房里，如果浪漫一点，或许可以在街角咖啡店里与她偶遇。总之，这座城市有太多的机缘和渠道可以再次将他们汇聚到一起。但无论如何，都不会是像现在这样。

暮色将至，老贺匆匆从工作室赶到了与竹桑约定的地点——丽都公园附近的一家西餐厅。由于是特殊时期，餐厅里没什么人，墙壁上悬挂着两台电视，播放的是世界杯比赛。竹桑戴着口罩，坐在一个角落里。她的眼睛红肿，看起来已经哭了很长时间。餐厅另一个角落坐着三位商务人士，正对着一个笔记本电脑进行一场激烈的头脑风暴，服务员懒洋洋地靠在吧台前看球。没有人注意到这个角落里悲伤的女人。老贺在远处端详了她一会儿，十年未见，竹桑还是那么漂亮。老贺有点紧张，有点心虚，不知道这么多年过去，她是否已经原谅了自己？他踟蹰着，慢慢走了过去，拉下口罩，身体僵硬地坐到了她对面。面对竹桑，老贺总是难以放松下来。这是两人离婚后第一次见面。服务员走过来递上菜单，老贺想速速将他打发走，说，晚一点再说。

竹桑赶紧擦掉了眼泪，将耳朵两侧的头发挽到了后面，尽量让自己看起来不那么狼狈。她原本是迫不及待地要和老贺分析和商量女儿的事情，但老贺苍老的脸顿时让竹桑感到十分陌生，同时也感到一阵惊慌——他怎么变成这个样子了？

"是自杀……我实在接受不了。"竹桑的情绪再一次崩溃了，老贺显得异常冷静，他想握住竹桑的双手，可又怕不太合适。

"先冷静下来，使馆的人和你说了吗？她有一封遗书,是想安葬在那里。"

"说了。"

"使馆的人告诉我,毕竟现在是特殊时期,如果实在不方便过去,他们可以替我们安葬。但我的意思还是要过去一趟。"

"我想也是,一定要过去的。"

"那就让使馆的人赶紧办理加急手续,我们要立即办签证。对了,你查过女儿在网上的消息吗?"老贺说。

竹桑摇摇头,赶紧拿出手机来翻:"还没来得及看,我这脑子全乱了。"

"不用看了,关于她的消息全部都没有了。肯定是遇到了什么事。"

"我最后一次在网上看到她的消息,是她到猎场了。她好像是打死了一头长颈鹿。全部的过程都有,是她男朋友给她录的。"

"咱们现在要赶紧去办签证,办加急的,让使馆出个证明。但即使签证出来了,航班也很少。最快一班飞机也要一周以后了。"

竹桑狠狠闭上眼睛,眼泪迅速滑过脸颊,浸透在了口罩的边缘。她努力克制自己不要过于失态,呜咽着把脸埋在了双臂中。

"我一刻都等不了。"竹桑迅速擦了擦眼泪,她拎着包准备起身离开。

"这是最快的一班飞机了。"

"我相信还会有更快的办法。"

老贺坐在原位,目视着竹桑离去的背影。她还是那样,如此盲目,又如此自信。当然,她还是如此动人。电视上传出微弱而热烈的声音,又进一球,场上再次沸腾。

老贺点了一份沙拉,没滋没味地咀嚼着。他抬头望着电视中的比赛,脑袋里一片空白。他不知道该如何表达这份无尽的痛苦,木讷地、呆呆地望着电视中来回被踢的球。他已经很久没有和女儿联系了,自从她去法国留学后,就很难再与她直接取得联系,只是单方面地发过几封邮件。他是个不善吐露心声的人,事情总是在心中暗自盘旋着,没人知道他真正在想些什么。他似乎把所有的情感和表达都留在了陶瓷工作室里。他心里明白,自打女儿走后,他就已经彻底地失去了她。

竹桑倒是经常会给女儿打去越洋电话，而且每次都算好了时差，找一个竹桑认为女儿比较空闲的时间打过去。女儿的语气总是很冷淡，绝对不会多说一句。久而久之，竹桑的电话打得也少了。但有一次，女儿同时给竹桑和老贺发过一封邮件，里面是一个投票链接，是关于"绿色和平"组织反抗碳排放的，但这个链接打不开。老贺找了助手帮忙，鼓捣了很久才打开，里面有很多游行抗议的照片和文章，文章是英文的，最下面是一个关于是否支持碳排放的链接。这个链接老贺也只能看懂个大概。他猜测，女儿应该是加入了这个组织。老贺有点担心她会出事，赶紧回邮件让她退出这个组织，但并没有得到任何回复。竹桑也曾试图点开过，但发现无法打开，就自动放弃了。为了这件事，老贺也给竹桑打过一个电话，竹桑听了很激动，说她必须要退出这个组织，否则我就飞到巴黎给她抓回来。竹桑给女儿打过很多次电话，语气十分严厉，让她赶紧回国，不要再做危险的事情了。之后，就没有之后了。

竹桑恨死了老贺，她认为女儿的离开是他们破裂的婚姻导致的，要不是他主动提出离婚，女儿也不至于如此痛恨他们。至于离婚的理由，老贺就淡淡地说了一句：没有为什么，是我不好，是我对不起你和女儿。老贺给出的这个答复，让竹桑无法接受，这比他出轨了还要让人愤怒。当年的竹桑，没再继续追问下去，以老贺的性格，他不会对过去的婚姻解释更多。老贺一个人默默地搬到了自己工作室里。离婚后的几年，竹桑一直活在猜测中。又过了几年，老贺依旧是单身，也不曾听说他有过女朋友之类的传言。或许，他是真的已经厌倦了她们。

## 一

飞机舱门开启的一刹那，老贺的耳朵就感到一阵刺痛，他不停地张嘴闭嘴，吞咽口水，双手用力揉搓按压耳郭。由于动作幅度过大，手肘一下打到了竹桑的胳膊。竹桑自从上了这架飞机，就一直锁着眉头，眼睛紧闭。她依然抱着最后一丝希望，纷乱的思绪让她头疼欲裂。女儿的死在她心里是个谜，使馆人员告诉她是自杀，但她怎么也想不明白是为什么。她隐隐地觉得应该是与那头长颈鹿有关。可她为什么会打死一头长颈鹿呢？她不是在"绿色和平"组织里吗？竹桑又想，即便到了坦桑尼亚，到了塞伦盖蒂的那片猎场又能怎么样呢？一想到这儿，她就万念俱灰，但无论如何她也要去，去了心里才能踏实。在两片止疼药和半片安眠药的作用下，她一直瘫在座椅上。直到此刻——当老贺的手肘猛然打到她时，她才一下睁开了双眼。她迟迟站不起来，精神有些恍惚，整个身体僵在座椅上，像一尊坍塌的雕像。曾有多次，竹桑在长达十小时的飞行中总想找一个适当时机和老贺聊聊女儿的事，或者聊聊彼此也好。但他一向讷讷寡言，除了枯坐在那里频频点头、自我忏悔以外，绝不会轻易地敞开心扉。漫长的飞行时间中，竹桑总是起了念头又打消。老贺也想找个机会谈谈女儿，但他更想谈的是他们的未来。但看竹桑昏昏欲睡的状态，想着，她现在哪有心思谈以后？之后的一个星期，每天都要朝夕相处，也不急于这一时吧。

　　机舱里所有乘客都迫不及待地早早站起了身，堵在过道中，让这狭小的空间立刻被封锁住了。坐了长达十小时的飞机，谁都不愿在这儿继续逗留一秒钟。人群终于开始缓慢地向前移动,老贺仍旧揉搓着耳朵,痛苦不堪。

他们在出发前商量好,谁都不要将行李托运。这样可以缩短在机场的停留时间,以最快的速度奔赴使馆。可事情往往不尽如人意,自从入境后,人群黑压压的一片在机场到达处游荡着,耳边灌满了陌生的语言。强烈的香水味扑面而来,让人头晕眼花。背包客们大都是白人,他们脸上挂着幸福与喜悦的神情,满心期待着他们此程的精彩之旅。然而,老贺和竹桑却全然相反,他们无比焦虑、烦躁与无助,与这里的气氛格格不入。他们被很多拿着印有"坦桑尼亚国家公园"广告的拉客黑人朋友弄得晕头转向。是的,他们早晚都会去到那里,早晚都会踏上女儿最后到达的地方。但此刻,他们的目的地是使馆。

竹桑四处寻找接机的人,可眼前的一片混乱让她无所适从。老贺故作镇定,他一边用手机寻找信号,一边说:"实在不行,咱们就在这里打个车去使馆。地址我这里有。"

"你倒是无所谓,我可是通过朋友在网上订好了的,钱都付给他们了。"

"人生地不熟的，就不要斤斤计较了。"老贺的手机终于有了一格信号。

"这是计较的事吗？这是信誉问题！"

老贺条件反射般地一下绷紧了神经。竹桑是个急性子，心里藏不住情绪，喜怒哀乐全挂脸上。老贺就是竹桑的情绪探测仪，而且相当敏锐、准确。隔着房间，甚至相距千里，他也会准确无误地检测到她的喜怒哀乐。老贺像一个牵线木偶，无时无刻不被竹桑的情绪所牵引。之前这么多年，老贺倒是也习惯了。离婚后，老贺没了牵动自己的人，瞬间感受到了人们所常常谈到的"悬浮感"一词的含义。他不知如何安放自己的情绪和那敏锐的触角。有那么一段时间，他把自己关进了工作室。但如今，十年过去了，竹桑也有自己的反思，那锋利尖锐的棱角似乎褪去了一些。她学会了点到为止，学会了让情绪先在心里沉淀一下。

老贺忽然拍了拍竹桑的胳膊，眼睛眯起来，指着前方人群中一个纸牌说："你看，那上面写的是我们的名字吗？"竹桑的目光在一片晃荡的人群中仔细搜索着，一块黄色纸牌上,用线条扭曲地画出了类似汉字的图案,旁边还注上了他们名字的拼音。竹桑说:"赶紧过去问问!"老贺拽着行李箱,立刻上前询问。那黑人小哥穿着一件红色短袖上衣,戴了一顶红色棒球帽,他不紧不慢地指着牌子上的名字,用英文问道:"我要接的就是你们吗?"

老贺兴奋地回头向竹桑挥手,"快来!"

坦桑尼亚的天空如此湛蓝清澈,若是有机会一定要带着一个从容的心情再重走一次,老贺是这样想的。他曾在工作室里,独自看过一个关于在塞伦盖蒂打猎的纪录片。这片神秘狂野的土地他向往已久。与其说他是向往这片土地,不如说他是向往背着猎枪和猎杀一头大家伙,更准确地说,他是向往当一名自由自在、无拘无束的猎人。他不要被困在工作室的方块楼里,也不想被困在川流不息的大都市里,更不想被某一种关系牵制住,他要做一个彻底的、无论从身体还是心理都无拘无束的人,当然,这是他曾经的想法。

他心里有一个结,一直未曾解开——女儿来到这里,他是知道的。他曾经在邮件里和女儿提到过这里,也曾把那部纪录片发给女儿看过。没过多久,她就来了。老贺这时才确认,他写的邮件,女儿是全部认真看了的。但没想到,她竟然就这样死在了这里。这件事,他永远都不会告诉竹桑。对于女儿的死亡,他先是感到震惊,其次是恐惧。他害怕女儿是因为他的指引而走向了死亡。他不敢去证实,也无从考证。离婚后,他们的关系便若即若离,不曾有过一次真正的交流。女儿对他来说像是一个极为模糊和虚幻的影像,但又是极为具体的客观存在。而现在,这个客观存在就此消失了,留下的只是一些存在他心中的温暖亲情,以及想象出来的作为一名父亲对女儿的思念。他的确感到过悲伤,但或许更多的是遗憾。

走出机场的那一刻,老贺抬头望了望天,他从未见过如此清澈湛蓝的天空,太阳和云彩离得很近,他感到一种眩晕的恍惚。他喜欢这里,看着迅速划过的景色想着,这里是那么不同,和曾经熟悉的那些建筑高耸入云、人如潮汐的城市彻底拉开了距离。这陌生的语言和人群……这里的一切都与我无关,我也终于可以游离于那些纷扰庞杂、被哀号所缠绕的世界了。对老贺来讲，来到这里相当于一次逃离，一次与现实的一刀两断。女儿的死固然是令人悲痛和惋惜的，但他没有像竹桑那样绝望。"人各有命"，他总是这么安慰自己，也深信不疑。他只想顺利地把女儿的后事处理妥当，并将她深深地埋藏在自己的内心深处，就足矣了，否则还能怎样呢？他更希望的是，如果能通过这次的事情，可以和竹桑再次携手共度余生，他愿意无条件地包容她，他对他们的未来有过很多幻想。

老贺和竹桑各自把头转向窗外。车里的收音机里循环播放着鲍勃·马利的音乐。司机小哥是一个年轻的非洲小伙子，他摇头晃脑，小声跟着一起唱。他几次试图找机会与他们聊点什么，但都无从下嘴。他时不时地从后视镜中观察着他们——这是两副典型的中国人面孔，谨慎、严肃、紧张，甚至两人还有点剑拔弩张的意思。过了一个街口，他终于张开了嘴，打破了这一尴尬的局面。

"你们是中国人吗？"小哥从后视镜中看着他们，用英语问道。

"哦，是的。"老贺被这突如其来的话晃了一下，立马回应。

"你们是第一次来这里吗？"小哥又问。

"是的，第一次来这里。"老贺心情终于放松了点。

"那劝你们千万不要去塞伦盖蒂，那里面已经被搞得太商业化了。人比野猪还多。我们现在一点也不喜欢那里了。"

"那你有什么推荐吗？"老贺问着，他确实想借此机会到处游走一番，以现在的情况来看，出一次国是相当不容易的事。要不是这次的特殊情况，他还不知道要在工作室里憋上多久。当然，这也只是他在心里稍稍闪过的一个想法，他实在不该这么想。

当竹桑听到"塞伦盖蒂"这个词时，心里紧了一下。那就是女儿最后到达的地方呀。

"塞伦盖蒂，你说去到那里会不会找到什么线索？"竹桑说。

"如果你想去，我当然可以陪你。"

"难道你不想去吗？难道你心里没有疑惑吗？"竹桑尽量让自己不要爆发出来。现在她和老贺已经没有任何关系了，她也没有什么立场，也懒得再去对一个男人发火。她只想迅速到达现场，处理好后事，赶紧回家。

老贺没再说什么，对于女儿的死，老贺心中当然有过疑惑，但事已至此还能怎样？但老贺愿意陪竹桑去，他希望可以在那片广袤神秘的平原中，与她一起共度几天浪漫的时光。

小哥虽听不懂他们在说什么，但从他们的表情和态度上能感受到某种剑拔弩张的气氛。小哥不再继续哼歌，鲍勃·马利在收音机里呲呲啦啦的声音，与老贺和竹桑阵阵寒气逼人的呼吸声相互交错着。

老贺的英语是自学的，因为经常要与国际艺术家做交流。在艺术界，想要走进国际市场，英语是必备的条件。他的口语中没有语法，和外国人多说多练，自然就会了。他常常很骄傲地和别人说，自己靠两百个单词就能在大学里讲课，且不用翻译。但竹桑就是看不上老贺这一点，总说他们艺术家就会坑蒙拐骗。竹桑是英语科班出身，她虽没留过洋，也没去过几次国外，但说一口标准的英式英语。研究生英语专业毕业后，还找来许多原文小说来自学。她喜欢西方文学，也喜欢西方电影。

她曾尝试翻译过一些小说，虽然都没能出版，但这绝不是因为她的翻译能力问题。她的自尊心很强，总想在某一领域有所作为，或是能做成一件事，就像老贺一样。但可能是运气不好，总是差一步就成功了。她嘴上总对老贺横眉冷对的，但心里其实对他有点佩服，不过也仅限于在刚刚结婚的时候。

这会儿，竹桑觉得胸闷，她将车窗摇下了半截，一丝丝干枯的发卷被风吹得时而会扫到老贺的脸上和脖子上。但老贺却没有丝毫的反感，他能感受到竹桑的真实存在，并幻想着竹桑在用另一种方式与他交流。突然一丝久违了的幸福和满足感油然而生。自打离婚后，他就没再找过别的女人，太顺从的没意思，太优秀的不好把控，太平庸的又没有什么共同语言。但自打老贺作品卖上价钱后，情况就不一样了，身边出现了几位各方面都挑不出毛病的女人，老贺也曾尝试交往过，但就是感觉对方走不进自己的心里。十年过去了，老贺还是单身。他不知道是单身久了，还是上了岁数，他偶尔还是会感到寂寞。这些女人蜻蜓点水地来了又走，都不如竹桑有味道。竹桑到底是什么味道，他也说不清。离婚了这么多年，她的味道依旧存在老贺心里，纵使不能再做夫妻，就像现在能并排坐在一起，为了同一件事再次相遇，也就满足了。

经过了高速公路、颠簸的土路和拥挤的市场后，他们终于抵达了中国驻坦桑尼亚大使馆。经过再次的证件审核和无数的等待后，终于等到了使馆官员。他热情地接待老贺和竹桑，并对他们女儿的事情感到遗憾。竹桑一个劲地用试探性的口吻问女儿到底发生了什么，但他也说不上更多的细节，他和他们知道的一样多。竹桑皱着眉头，她不明白女儿为什么想要葬在这里，官员告诉她，这里是离自然最近的地方。可竹桑还是不理解。使馆官员看了看时间，示意他们自己已经要下班了，他收拾着办公桌上的文件，显得有些手忙脚乱：

"殡葬服务公司的办事效率有点慢，还需要再等上几天。我建议你们可以去塞伦盖蒂那里看看。毕竟，那里也是你们女儿最后到达的地方。这只是一个建议。塞伦盖蒂是我们这里的一级国家公园，里面将近三百多万头大型野生动物，八千多头狮子。怎么样，听上去很刺激吧？你们可以乘坐热气球，在半空中俯瞰一望无际的草原，如果天气好，也许会看到乞力马扎罗蜿蜒的山脉。去散散心吧。或许还会发现一些什么线索。"

"如果你们想去的话，我可以替你们叫一辆车过去。不过去那里的费用有点高。你们介意吗？"工作人员已经默认了他们明天就会起程前往那里，他的热情和耐心，令老贺不知如何作答。

"好，我们就去那里，塞伦盖蒂。"竹桑立即答应了。

二

这里是非洲东部，赤道以南，坦桑尼亚的境内——塞伦盖蒂国家公园内的酒店。令老贺大为震惊的是，他从未见过如此精美奇特的酒店。大堂最显著的位置上，挂了一幅巨大的油画——一位头发花白、身体干枯的黑人，颤颤巍巍嵌在一把巨大的、用豹纹皮草包住的椅子里，一副威严的面孔。他旁边架着的猎枪，老贺认得，是一把九响的雷明顿散弹猎枪。他在一部纪录片中看到过，这把枪威力很大。因为只有九响，在猎杀大型动物时，必须保有一个沉着冷静的心态瞄准猎物。猎枪口护木已经裂开，这猎枪像是已经超负荷地完成了它的使命，将最后一颗子弹射向了一只豹子腹部。那只豹子永远披挂在了那把椅子上，同时也永远为这个面目肃穆的猎人增加了一圈胜利的光环。豹子皮的椅子和这把报废的猎枪以及这位干枯的猎人，构成了一个黄金组合。老贺盯着这幅油画入了神。

竹桑也在环顾四周，动物毛皮和标本举目皆是，她感到一双双炯炯有神的眼睛在凝视着自己。这些动物的尸体让她不寒而栗，不知怎么的，她一下就联想到了女儿的尸体。她不敢再仔细看那些挂在酒店墙壁上的羚羊和长颈鹿的头部。真的要住在这儿吗？竹桑心里犯着嘀咕。老贺倒是四处参观、拍照，看得起劲。竹桑催促老贺赶紧办理入住。竹桑突然对老贺说："女儿如果在这里住过的话，前台是不是能查到信息？"

"那或许可以吧，咱们去问问。"

竹桑立即拖着行李，用英语向酒店大堂的前台小姐打听女儿的消息，竹桑报了女儿的中文名和英文名后，都查不到任何的登记信息。竹桑有点失落，想着怎么可能这么容易就查到呢？竹桑又打听了猎场的方向，前台小姐说："想要进猎场是需要预约的，并且还需要一位导猎带领。"她又翻了翻预约簿说，"这几天由于天气原因，猎场处于关闭状态。但四天以后就正常开放了，如果你们愿意继续等待，我可以帮你安排星期六，24号的时间。"

竹桑皱了皱眉头对老贺说："那我们就预约24号的吧，我还是想到猎场去看看。你说呢，虽然可能也查不到什么蛛丝马迹，但是……"

"我明白。"老贺立即对前台小姐说，"就帮我们预约24号的吧。"

"没问题。这是我们动物的价目表，您这几天也可以参考一下。"

老贺又问："我们现在可以去哪里转转呢？"

前台小姐拿出了一份地图，地图上面详细画出了附近可以散步的地方。老贺对竹桑说："看，这些散步的地方都是围绕着猎场，或许我们可以在这里先转转。"

酒店走廊里有一股熟悉的怪味道。老贺仔细辨别着，这究竟是什么味道？啊，是樟脑！他想起了曾经他们一起住过的老房子。那老房子里有一个嵌在墙壁里面的柜橱，里面放的全是些用不到的被子或是被淘汰下来的衣服。由于常年不使用，壁橱里净是霉味，为了驱赶味道，竹桑喜欢在里面挂上两包樟脑球。每次打开壁橱门，都会有一种这样的味道散出来。老贺几次想扔掉那些不用的衣物，都被竹桑喝令制止了。曾经那些生活琐事带来的烦扰，也是种幸福。

那位使馆的办事人员说得没错，这边的办事效率的确很低，在这儿等待的每一天对于竹桑来说都是煎熬。这段时间以来，老贺通常会在上午十点在酒店附近的小花园里散散步。他很喜欢那里，时常会坐在花园的长椅上休息一阵，将自己放空。他想着，怎么才能和竹桑聊一聊？关于她，关于女儿，他最想聊的还是他们以后的生活，以后是否还有机会走到一起。但这么多年和竹桑的相处模式，以及房间里总体的气氛让他不知道怎么开口，和人深度交流对于他来说一直都是件很为难的事。

竹桑的情绪还是低落、萎靡，但相对前几天来说已经平静许多了，也在逐渐接受女儿去世的事实。即便如此，她还是很少与老贺主动交流什么，总是话到了嘴边，想想又咽了回去。他们只会在午饭和晚饭时商量一两句吃些什么。女儿对于竹桑来说意味着什么呢？是希望、是勇气，也是激励她不断向前努力的目标。她总想向女儿证明点什么，证明她的妈妈不是一个平庸普通的女人，就像她爸爸一样优秀。竹桑的确努力过，她唯一擅长的就是英语，她可以用英语看专业的学术论文。老贺曾经有几篇关于陶瓷的学术论文，都是竹桑帮忙翻译的。她曾想翻译并出版一本英文小说，可女儿却没有给她证明自己的机会。现在人生的目标已经没有了，她整个人都轻飘飘悬浮着。女儿为什么会死在这里？为什么会突然从法国飞到这里？她甚至设想过，女儿没准是被人绑架过来的……种种疑惑和猜测一直徘徊在脑海中。

这天，老贺一早醒来，忽然神清气爽。他打开窗户，昨夜的雨让清晨的空气格外清爽。这是他禁酒的第一个星期，他再也没有因为找不到酒精而焦虑和烦躁。他喝下一大口清水，感到满足。是啊，水才是生命中最重要的东西，他仔细体会着这种崭新的快乐。在酒店大堂用过早餐后，竹桑突然提出想要出去走走，老贺感到有些诧异，连忙道："这旁边就是一个小花园，里面很美。有很多蓝色的花,还有一棵香肠树。我带你去看看,那棵树简直太有趣了,上面结的果实和哈尔滨红肠特别像。你能想象吗?一棵挂满了哈尔滨红肠的树。"说着,老贺不自觉地笑了出来。可竹桑一点也没觉得可笑,反而神情有些恍惚和游离。

对于Leila死前到底发生了什么,以及留学以后的生活,老贺和竹桑几乎是一无所知。只是突然有一天,竹桑在用手机上网时,大数据给她推送了一条关于女儿的Vlog。竹桑不知道什么是Vlog,只是看到链接标题上写着"又是能量满满的一天!Vlog"。视频的封面有女儿的照片,女儿的背后是椰子树和沙滩,视频的封面照片上还PS了哑铃、相机、草莓和西蓝花的卡通图案。视频的一开始是一张女儿睡眼惺忪、不带妆容的大脸。此刻是早上六点。她现在都是这么早起床了吗?竹桑又激动又好奇。她怎么会突然出现在网络里?竹桑继续观看着,视频弹幕浮现出了几句话,"Leila女神,素颜都这么美!""Leila的皮肤状态真好。""早安,Leila!"Leila,这就是女儿在法国留学时用的名字。Leila开始起床洗漱,她是在酒店里,而且是一个极为高档的酒店。Leila

进行一番细致的洗漱后，镜头一闪而过，她从身着睡衣懒洋洋的模样，瞬间换成了一名运动美少女——一身橘色的紧身瑜伽运动服和一个高高的马尾辫。接下来就是在酒店吃早餐，她一边对着镜头讲解早餐要摄入什么营养，一边露出满脸灿烂的笑容。接着，她便在海边做瑜伽，准备冲浪训练。她在视频里说，今天她要进行第一天的冲浪训练，以及这是她第一次尝试这种运动。视频就在此刻结束了，若是想看她更多的视频，就要关注她的媒体账号。竹桑立即关注，把她所有视频和留言全部浏览了一番，她这才明白，Leila——自己的女儿，已经是一个小有名气的网红了。而据竹桑所知，那个账号是由她的经纪团队来经营的。他们不许她发任何有关私人的东西。但从那个账号，至少可以知道她的行踪。被经纪团队许可发布的照片，女儿从来都是露着满脸灿烂的笑容。这些照片基本都是她在参加一些商业的体育活动，或是为某个运动品牌拍摄宣传照片。

至于 Leila 自己，她早就受够了父母的冷战，家里的空气中没有一丝的温度。当年 Leila 提出留学的想法后，老贺和竹桑立即答应了，他们似乎也松了一口气。Leila

进入大学不久，就加入了"绿色和平"组织，积极参与环保活动，还加入了网球和跑步的社团活动。老贺和竹桑留给她的一样礼物就是那张精致的小脸。那时候，国外网上开始流行 Vlog，Leila 起初还是随便拍拍，后来粉丝越来越多，她就开始琢磨要认真拍摄视频，经营自己了。与此同时，她还交往了一个男朋友，慢慢地他们靠着录制视频得到了第一笔的收入。

自打竹桑知道了她的账号之后，就每星期的一、三、五，都在盼望她的视频更新。

竹桑有太多的疑惑，而从这几条视频中，她无从找寻答案。她给 Leila 打过电话，Leila 有时在日本，有时在意大利，也有时在瑞士。她的行踪飘忽不定，从不会主动向竹桑解释什么。竹桑有一次在电话里哭了，女儿说，既然你都知道了，视频里面有你想要知道的一切，我的行踪在网上都是透明的。竹桑说，不一样，我是你妈，我不是你的粉丝。我有权利知道关于你的一切。你现在还在"绿色和平"组织吗？我看他们好像又跑德国去游行抗议了，这个组织到处去抗议，太危险了，你可千万不要去啊。Leila 居然发出了一种蔑视的笑声。你是不是还觉得我还是小孩呢？你可不可以给我一点自由？而且，对于那个组织，你根本就不知道那是什么。再说，你跟我爸离婚的时候告诉我了？你们尊重过我吗？我们是平等的，都是独立的个体，只要做到互不干涉，我们就可以继续相处。

竹桑回过神，对老贺说，Leila 的最后一条 Vlog 就是在那里，她透过玻璃窗，望着远处看不到的猎场。

"走吧。就去那个小花园吧，说不定她也去过那儿，说不定会找到什么线索。"竹桑软绵绵地站起身来。

老贺和竹桑走在酒店长长的走廊里，米色地毯被洗刷得很干净，两侧用高脚架摆放着小型动物的标本，它们造型各异，炯炯有神地盯着某处，像是时刻保持着一种对周围环境的机警。竹桑脑子里突然闪过一念——那应该是它们死前的样子吧。

他们走了很久的路，穿过了长长的走廊和一小段泥泞的土路，空气里蕴藏着十分浓郁的植物的和泥土的腥味。没错，就是腥味，竹桑一直都很讨厌这股味道。终于他们到了那个幽静的小花园。

这里的太阳很低,微雨后的天空清澈明朗。很明显,这里的紫外线格外强烈,竹桑年轻时对紫外线严重过敏,除了脸部,但凡身上一丝皮肤暴露在阳光下,都会让她感到刺痛瘙痒,并且会起很多红疹子。随着身体的衰老,过敏这一现象居然得到了缓解,但竹桑还是谨慎地披上了防紫外线的外套,又将一条颜色艳丽的丝巾缠绕在了脖子上。强烈的阳光将塞伦盖蒂翠绿的树木照耀得熠熠生辉。凉风习习,让人身体舒适,竹桑忽然感到心情一阵舒畅,像漂浮在澄清的水面上。他们漫步在一条不知通往哪里的土路上,两侧是半身高的灌木丛和一些枝丫茂密的树木。不远处,就是老贺说的那一棵香肠树。

"啊,这就是那棵香肠树呀。"竹桑惊喜地说,"还真是特别,从来没见过这样的树,太有趣了。"竹桑围绕着它,仔细观察着这棵树,"还真像是哈尔滨红肠呢。"说着从脸上挤出了一丝微笑,她好像太久没有做过这个表情了,脸部肌肉显得有点扭曲。太阳把老贺的面部照得发亮,竹桑偶尔也会望着他的脸。在这一瞬间,她忽然感到自己从来没有像现在这样地依赖他。

香肠树的旁边，有棵枝叶像伞状般生长的树孤独地挺立着，它看上去像一把巨大的伞。竹桑望着那棵树："它长得也很奇特，女儿生前也一定见过它。"

"那是金合欢树。"老贺一边说着，一边朝树的方向走去，竹桑不由自主地跟在他的后面。他们站在树下抬头向上望去，那树枝上，开满了黄色的、毛茸茸的花朵。此刻，这里十分静谧，一般游客是不会在这里散步的。树下有一把长椅，他们坐在了这棵金合欢树下。他们已经很久没有这样平和地坐在一起了，况且是在这样一个看似无比浪漫和惬意的时刻。

"你真正了解过博奇吗？"竹桑突然问。博奇，这是 Leila 的中文名字。在竹桑怀 Leila 七个月时，她的婆婆就一直说肚子里的应该是男孩，倒不是因为婆婆想要个男孩，只是单纯依她的经验来分析，七个月都不显身孕的就一定是男孩。竹桑喜欢女孩，是父母的小棉袄，男孩是皮夹克，养了没什么用，长大了就跟媳妇跑了。老贺安慰竹桑，男孩也挺好，你看我不也跟自己妈住着吗。竹桑发着呆，心想着婆婆这方面还是有点本事的，眼见着猜对了小区里的五个孕妇，真是个男孩可怎么办？老贺又说，我已经想好名字了，就叫博奇吧？渊博的学问和一颗永葆好奇的心，多好。竹桑无所谓，叫什么都可以。这个名字在 Leila 还没出世前，就已经被叫起来了。可当 Leila 出世后，发现是女孩时，已经晚了，他们来不及想其他的名字，就被护士按住填写婴儿的出生表格了。老贺说，女孩叫博奇也挺好。

"你知道她从小就讨厌这个名字吗？博奇，同学们都给她起外号叫簸箕。"竹桑又说。

老贺突然没了声音，一种难以名状的悲伤从心底涌出。一片片厚重的云朵向他们缓缓地移动着，阳光透过云朵的缝隙忽明忽暗。

"你是怎么知道的？"老贺深呼吸了一口气，努力将这悲伤隐藏起来。

"Leila 的日记本留在了家里。我打扫她房间的时候看到的。"

"你竟然翻看她的日记了？"老贺露出了一副难以置信的表情。

"我是她妈，有权利知道她的一切！有什么可大惊小怪的？"

"那日记上还写什么了?"被竹桑这么一说,老贺也开始有点好奇。

"没写什么,很少的内容,都是关于以前的。我一直都想不通一个问题,你说她加入了那个组织,那么热爱自然环保,怎么会跑来打猎呢?"

老贺也不解,两人陷入了沉默,像是各自陷入了一个黑不见底、无比孤寂的世界。

这时,使馆工作人员突然来了电话。老贺立刻将手机调换成了免提模式,竹桑和老贺的耳朵竖着贴近听筒——"你们女儿安葬的事情已经安排妥当,时间和详细地址我会发到你们的手机里。"老贺连忙致谢。竹桑的面目有点呆滞,令她没有想到的是自己会表现得如此冷静和得体。她礼貌地表达了谢意,并告知对方他们会按时到达现场。

一道闪电忽然劈开了云层,同时也瞬间隔开了他们关于 Leila 的对话。

"我们要赶紧回去。据说会有暴雨。"老贺面色突然变得凝重起来,他就是这样,一个容易紧张、遇事极为谨慎的人。这或许和他工作的领域有关,因为在烧制瓷器的过程中，任何一个小小的失误，都会将辛苦了一个星期或是个把月的成果付诸东流。又或许正是因为他是一个谨小慎微的人，才会选择了瓷器这一门手艺。他与瓷器的关系，到底是谁塑造了谁，很难说清。

总之，竹桑此刻心烦意乱，她对老贺的紧张也颇为不满。

"要走你走，我想再待会儿。"

"这暴雨可不是闹着玩的。"

骤然间，暴雨向他们横扫而来，一股股的白烟在地面升腾起来。事实证明，这一场暴雨确实异常猛烈，猛烈到老贺也始料未及。老贺拉着竹桑的胳膊，在雨中奋力奔跑，密骤的暴雨模糊了他们的视线。竹桑的卷发贴在脸上，她实在跑不动了，双手支在双膝上，弯着腰用力喘气，她用力擦了一把脸上的雨水，说："不行了，没劲了。"老贺也累得喘不上气来，虽是暴雨，但气温仍在二十度左右，他们站在原地，看着对方狼狈不堪的样子，突然笑了出来。

"反正都这样了，我们还跑什么呢！"竹桑在暴雨中向老贺的耳边喊了一句。

"你冷吗?"

"一点都不冷,你呢?"

"我也一点都不冷。"

竹桑刚刚还蓬松干燥的卷发全部贴在了脸上,她的头发看上去少极了,头发缝隙间露着宽大的白色头皮,老贺看着心疼,竹桑如此优雅爱美,自尊心又极强,是怎么接受自己严重脱发的事实的呢?他很想抱抱竹桑,但此刻的她又显得十分放松。她的步子变得缓慢从容,倾盆的暴雨让她感到无比畅快,久久不能平复的心情也一下得到了痛快的释放。

傍晚,暴雨把猎场周围的电线冲断了,黑漆漆的一片。没有电,没有网络。他们枯坐在床上,两人的脸被手机屏幕的光映照得都有些吓人。老贺感到眼睛一阵的酸胀,他关上手机,望着窗外。藏蓝色的天空,月亮很明亮,月光把远处的景色映出了一道道的轮廓。

老贺仔细盯着那窗外,忽然站起了身,将脖子探得长长的,用力望着那影影绰绰的光晕:"你看,那里是不是有亮光?"

"好像还真是有光亮,就在酒店大堂那里。他们肯定有应急的供电设备。你听，好像还有音乐呢。"竹桑眯着眼睛，也把脸贴了过去，"走吧，那就去看看。"

在雨季，断电是常有的事。酒店的应急供电设备显然是必需的。客人们集中到了这里，热闹非凡。几盏镶嵌在墙上的灯泡发出暖黄色的光，将高高悬挂在墙壁上的犀牛、大角羚羊、豹子的面孔映得庄严而恐怖。客人们有的身着猎装，这猎装在他们看来是如此的神圣。这些人对猎装的痴迷令竹桑和老贺感到匪夷所思。他们纷纷举杯，畅饮聊天。大厅里弥漫着一股股烤肉的味道。通常是客人们所猎到的战利品——斑马的后腿肉、长颈鹿的前胸肉等。

这时，从稀疏的光亮中，走来一位身着卡其色猎装的亚洲男人。他身材很高大，黝黑的皮肤使他的五官变得很模糊，他左手端着扎啤，很自然地站到了老贺旁边。

"晚上好。"男人起先是用英文试探性地对老贺说。

对于陌生人搭讪，竹桑总是心怀戒备。更何况，此刻的她只想安静地喝一杯鸡尾酒，好让自己心情愉悦些。由于环境过于嘈杂,老贺没听清他说了什么,用英文回了一句:"对不起,这里太吵了。"

男人一下就听出了老贺带有浓重中国腔的英文:"啊,你是中国人吧?"男人脱口而出了一句中文。

"我们是从北京来的。"老贺看了看竹桑。他们陡然感到了一丝的亲切。

"真巧,我也是!你们是刚刚到这儿的吗?之前都没见过你们。"男人从上衣内侧兜里掏出了一个雪茄盒,又从裤子外侧的大兜里拿出了火机。他将其中一根递给了老贺。

老贺没怎么抽过雪茄,也很久没有吸过烟了。离婚后不久,他把工作室里的烟和烟灰缸全部扔掉了,吸烟只会给他带来更多焦虑。可在这样的气氛中,老贺还是忍不住接过了这支雪茄,同时又不自觉地扫了一眼竹桑。

"咱们来的时间可真不凑巧。要是再晚几天就好了。"男人又将打火机和雪茄剪刀递给了老贺。

"确实是,但我们不仅仅是来打猎的。"老贺说。

竹桑在桌子下踹了老贺一脚,示意他不要向陌生人说太多。老贺领悟到了竹桑的意思，及时把话收住了。竹桑冷漠地端起酒杯呷了一小口，她想立刻将这个男人打发走。但老贺却突然来了兴致。

"看你这身装扮，一定是个老手。"老贺其实不太喜欢雪茄，总觉得有一股臭鼬的味道。但眼前的这个男人对老贺来说，充满了魅力。说不上具体是哪里吸引他，只是觉得他一定是一个阅历丰富、拥有不少冒险经历的男人。

"老手谈不上，但最近五六年，我每年都会在这儿住上一阵。打猎真的会让人上瘾。只要一回北京，我就焦虑。但没办法，公司和家里人都在北京。"

老贺吸了一口雪茄，又用力地点了两下头，心中充满了一种心有戚戚的郁塞。他不喜欢北京，或许竹桑喜欢，她喜欢红尘滚滚、车水马龙的大都市。

"你们真应该去尝试一次，无论你们这次来这里的目的是什么。我一直觉得，男人这一生，一定要体验一次当猎人的感觉。扣动扳机，和子弹打到猎物身上的那一瞬间，真是爽极了。我建议你去打斑马，斑马的后蹄筋，太香了！"男人把头凑向了老贺的耳畔，声音压低，说话时，眼睛里冒出了金色的光。

老贺吸了一口雪茄，另一只手不停地转动杯子，肾上腺素直奔大脑，使他感到浑身炽热。是呀，当个猎人，那个在小兴安岭的猎人，那个自由自在的身影，只要身边有一杆枪，他就可以走天涯，那就是我一直向往的呀！

老贺吐出一口烟，神情犹疑地说："我们已经预约了星期六的打猎计划。真的这么刺激吗？但我岁数大了，恐怕玩不了太刺激的。"他不知道为什么自己竟然说出了这样一句如此虚伪的话。

"那您看我像多大岁数的？"

"也就四十出头的样子。"

男人伸出了一只手在老贺面前，五根手指用力张开，"五十多了，我看咱俩差不多。"

老贺笑了笑："还真是。"

他永远都忘不掉在小兴安岭生活时遇到的那个猎人。在那些漫长、一眼望不到头的日子里，那个猎人就像是一盏灯。他在林中挥汗如雨、麻木疲惫地砍伐时，这个猎人的出现就像是一个奇迹，没有缘由地出现于树林间,又自由潇洒地消失在眼前。猎枪在远方森林中炸裂出的余音,时常都会盘旋在耳畔。有无数个夜晚,那个猎人都会出现在他的梦里,他又猎到了一只小鹿、一头野猪或是一只兔子。当清晨林中布满朦胧雾气时,他会站在一棵正要被砍伐的白桦树前发呆,想象着那位猎人此刻身处何处,他的身影是否还会从未知的远处,渐渐向他走来。对于老贺来说,他是一个没有来处的人。

男人又迅速补充了一句:"您千万别误会,我可不是托儿,这个猎场可跟我没有一丝的关系。我只是觉得别人在这霸占、打猎都这么多年了,也该咱们来玩玩了。您说是不是?"那人端起杯子,脸上突然露出了一丝莫名的惆怅。他凑着老贺的杯子,碰了一下,一口就干掉了。男人叹了一口气,戛然而止了之前的那个话题。

竹桑已经百无聊赖,她又多喝了几杯。她很久没有这样喝过酒了,也很多年没有去过酒吧了。竹桑举着一杯威士忌,慢慢悠悠地一口口呷着。冰凉的强劲酒精中掺杂着一股木质香气,她喜欢这种味道,也喜欢这种微醺的飘忽忽的感觉。她想着,自从离了婚,女儿远走法国后，自己的生活就再也没有放松过。每天都在一种紧绷的状态下游走着。她眼神有点迷离，居然挽起了老贺的胳膊。老贺也顺势夹紧了她的手臂。

男人又向服务员要了一杯威士忌，说："中国，或许也不仅限于中国，现在对于禁猎的呼声越来越大。"

"这话怎么讲？"竹桑听后立刻清醒了。

"他们前一阵子对于打猎这件事又开始抗议了。有一个女孩还因为这件事自杀了。"

竹桑的面部开始变得扭曲，她用力深吸了几口气，尽量让自己不要过于激动。老贺也瞪大了眼睛，等待着男人接下来的讲述。

"他们？谁？他们？"竹桑问道。

"'绿色和平'的人。"男人道。

"你说的哪个女孩？又是什么时候的事？"老贺问。

"那个女孩是一个网红，就因为在网上发布了自己猎杀一头长颈鹿的视频，被网暴了。关键是那个女孩还是那个组织的。我猜测她应该是想靠发这个视频来涨粉吧，也是可以理解的。毕竟她们也都是听经纪公司的。人家公司是要挣钱的，让她录什么就得录什么。但遗憾的是,在她和她男朋友刚刚意识到那条视频应该删掉的时候,这里恰巧断电了,也就没有了网络信号。如果当时及时删掉,可能就不会出后来的事。但我的意思是,这很不公平对吧?大多数的人对打猎还没有概念,对猎场的游戏规则也不懂。政府对打猎是有严格控制的,不是随便猎杀的,每一头动物都是在可杀范围内的,这个猎场都是合法狩猎的,你以为能随便杀动物吗?"

"那个女孩,你还知道些什么?"老贺那一只被竹桑抓住的胳膊,感到了阵阵颤抖。在黑暗中,男人并没有发现竹桑有什么不对劲,也没有发现眼前这个女人已经泪流满面。

"那个女孩和她男朋友,跟我是同一个导猎。我也是听他随口说起的,再多细节也不知道了。你说,那么阳光的女孩,她父母得多伤心……前不久,这个女孩就在那里。"男人看了一眼旁边的桌子。而此刻,那个桌子旁,正站着五个白人,他们推杯换盏,交换着白天打猎时的新鲜事。他们说话声音很大,笑声也很大。男人说话的时候,声音总要扯得很大,竹桑和老贺才听得清楚。

"她和她男朋友就站在那儿，我看她还不停在摆弄笔记本电脑，挺焦虑的。我问他们怎么了，说不能上网，有一件特别重要的事情得处理。我当时还嘲笑她，都跑出来这么远了，怎么还在办公。后来，他们就匆匆离开了，这是我最后一次见她。第二天，应该是在下午的时候，我的导猎突然说出事了，猎场也封闭了。又过了一个星期，猎场开放了一部分，但那个女孩出事的那片猎区还在封闭中。算了，不提不开心的事了。反正，我建议你们去体验一次。"男人把剩下的酒喝完，晕晕乎乎地就离开了。老贺听完长长地舒了一口气：至少女儿不是因为自己的那封邮件而来，这样对竹桑也就不必再心有愧疚，面对他们的未来，也会更加坦荡。

三

雨过天晴，空中随意飘挂着几丝淡淡的云，这是一个金灿灿的早晨。老贺被几只嗓音清亮的鸟吵醒，它们肆无忌惮站在窗台上叫唤着。老贺把头扭向了窗子的方向，微微睁开眼睛。他有些恍惚，有那么一瞬间，仿佛觉得自己置身于刚结婚时住的那所老房子里。窗户和眼睛的角度,以及这清晨的鸟鸣,无数次被复制的清晨,早已烙印在记忆深处。即便到了两万里开外的国度,依然会被某个细节一下子拉回去。而这一刻,让他从心灵到肉体都感到无比幸福和舒适,像是被一团金色、温暖的光芒照耀着。他很想再继续沉浸于此刻梦幻般飘浮在半空的状态,可门外突然一阵急促的敲门声,让他浑身一抖,坐了起来。

"贺先生,醒了吗?别忘记九点钟在酒店门口集合,导猎会在那里等你们。"

竹桑在另一张床上,还未醒来。

"我们这就出来!"老贺对着门,突然反应过来,今天是星期六,是预约去猎场的日子!他对着竹桑大喊了一声。

竹桑躺在床上翻了一个身,一时无法从混沌的梦境中清醒过来——一团团的蒸汽升腾,她置身于一团白茫茫的湿气中,慢慢张开双臂,像盲人一般,谨慎地试图触摸到什么似的。脚下的泥泞让她寸步难行,但她已经顾不得这些,湿气将一切覆盖住了,她感到周围危机四伏，被一群身藏暗处的大家伙们偷窥着。阵阵的恐惧席卷而来。老贺不知去向，她一直缓慢地小心前行。而此刻，她眼前真的出现了一个大家伙，它从远处缓慢前来。它身子掩没在雾气中，只有一个细长的脖子直挺挺地移动着。那是什么？竹桑用力睁大眼睛，那是长颈鹿吗？是的，那是一头白色的长颈鹿。它停驻在原地，竹桑也不再靠近，只是望着它。在梦中，竹桑突然痛哭流涕。早上，她抽咽着被自己惊醒，脸上竟流满了泪水，耳边的头发也被浸湿了。她一时反应不过来，想到亲爱的女儿，刚才那是你吗？她翻了一个身，擦了擦眼泪。她反复琢磨着，一时觉得那就是女儿，她在传达着某种信息。

"刚才是谁？"竹桑动了动嘴唇。

"酒店的服务员，告诉我们该出发了。"

"出发？我们要去哪儿？"

"当然是去猎场了。看来你昨晚上真是喝醉了。"

竹桑吃力地站起来，缓慢而摇晃地走去了洗手间。自从她信佛以来，已经很多年没有喝过酒了。昨晚的酒精还在胃里翻江倒海，天花板在眼前旋转了几圈，有点想吐。她不能再继续这样躺下去了,她要振作起来。

"昨晚我到底喝了多少,怎么会这样?"竹桑喃喃自语着。

"先喝点热水吧。"老贺赶紧往电热水壶里倒了瓶矿泉水,"昨天你喝得太多了,拦都拦不住。这么多年也没见你喝过那么多。"

"那是喝了多少?"竹桑每走一步都无比沉重,"不过也好,难得睡了一个好觉。"她晃悠着洗了把脸,看着镜子中的自己刷牙,逐渐身体才轻盈了一些。她努力回忆着昨晚到底发生了什么,记忆只停留在了抱着老贺没完没了哭。想到这儿,竹桑懊恼地用力揉搓了几下脸。她看着洗手间墙上摆放的松鼠和猫头鹰的标本,不禁打了个冷战,一种对死亡的恐惧油然而生,宿醉使她异常敏感。这让她又突然联想到了女儿的死。她不寒而栗,双手发抖,立即停止了刷牙,将水龙头开到最大,把脸埋进了急匆匆的水流里。

而此刻,老贺站在床边,心情又阴郁了下去。清晨的太阳已经隐匿在了厚厚的乌云中,呈现出一片令人沮丧的晦暗。他反复盘算着今天的狩猎行程,甚至想到了很多的细节。例如，他开始担心自己的颈椎病，猎枪虽说没有多重，但扛在肩头太长时间，也一定会犯病的；面对动物时，应该瞄准动物的什么部位呢？如果按照昨天男人的说法，当击倒一头动物时，等它完全死去，是要与它合影的，那就一定不能击中它的头部。那是要瞄准它的胸口呢还是腿部呢？万一今天没有收获怎么办？等等的问题，让他突然有些焦虑。他的脑海中一遍又一遍地幻想着将一头猛兽干倒时的情景，这居然又使他有些心潮澎湃。他的双颊一阵发热。竹桑从洗手间出来，变得清爽、精神了许多。

"对对，我想起来了，今天是周六。喝酒真是耽误事。"竹桑坐在床上，赶紧打开化妆包，往脸上涂抹着润肤露和防晒霜。

"我们动作要快一点，时间马上就到了。"老贺将一杯凉得差不多的温水递给了竹桑。门外又是一阵急促的敲门声，吓了竹桑一跳。

"这帮人可真不礼貌，哪有这么敲门的！"竹桑冲着门的方向狠狠地瞪了一下眼睛。老贺却立刻起身开门，毕恭毕敬地回答着："真是抱歉，再给我们十分钟。"

竹桑对于老贺的态度有些不满。她起身又给自己倒了一杯温水。她长长地呼出了一口气,她不知道自己是否已经做好了去到猎场的心理准备,她希望自己可以冷静、从容地面对一切。她要打起精神,振作起来。

等待他们的是一个身材不是那么高大、身着一身卡其色猎装的白人。他戴着一顶阔檐防晒帽,浑身散发着一股泥土和某种清洁剂的味道。左面脸颊的一道疤若隐若现地藏在刮得不是那么干净的胡楂儿里。居然是个白人,老贺的心情一下放松了下来,倒不是因为黑人有什么问题,只是觉得和白人交流起来更为便捷和熟悉一些。老贺参加过不少国际艺术展,但多为北美和欧洲地区,无论哪个国家,都是以白人为主。非洲、黑人,对于老贺来说完全是陌生的。他对一切陌生的事情,有一种与生俱来的排斥和紧张。

"我是盖,你们今天的导猎。"盖先生用最简洁的英语向他们做自我介绍,同时伸出了一只大手。

"您好,很高兴认识您。"老贺的手被紧紧地攥着,有一种说不出的踏实和安全感。这一只结实和温暖的手,让老贺对这次的狩猎活动有了一份信任。

"我们会花一个小时，让你们对枪支有所了解，并告诉你们一些猎场的注意事项。大约十点半左右，正式进入猎场。明白吗？"

"我们会有危险吗？"老贺问。

"如果按照规矩来，并且听我的指令的话。你们很安全。"盖先生道。

早上阳光充足，强烈的紫外线让竹桑无处可逃，临出门前她已将自己全副武装。把脸埋藏在了她硕大的遮阳帽下，两只胳膊套上了肉粉色的防晒套袖，墨镜纱巾遮阳伞全部塞进了包里，生怕皮肤接触到一丝阳光。

训练基地与猎场相隔五公里，盖先生开着一辆敞篷越野吉普车飞驰在颠簸的平原上。竹桑一手按住遮阳帽，一手攥紧了围在脖子上的纱巾。为了防止沙子进入到嘴巴和脖子里，她将自己缩成了一团，像个刚从奴隶主家逃出、前往自由之路的妇女。老贺坐在副驾驶，所剩不多的几根头发在风中狂舞。他望着远处平原的尽头，稀稀疏疏的丛林、若隐若现的野兽影子，以及这干燥凉爽的空气，突然让他心情荡漾了起来。这像是注射了一针致幻剂，使那悲痛万分的心情一下消解了些。

盖先生减缓了车速,转了一个"U"形弯,就进入了一条林荫小道。最终在一个木屋前停下了。

"我们到了,这就是基地。在这里先吃点上午茶,你们一定还空着肚子吧。"对于盖先生体贴的行程安排,老贺和竹桑深表感谢。

这时,盖先生突然用马赛语喊了一嗓子,一个瘦小精干的黑人突然蹿了出来。他看上去很年轻,二十出头的样子,光光的脑袋,一双大而明亮而凹陷的眼睛。他穿着一身红格子的马赛人服装,这是他们民族的特有服饰。他热情地跟竹桑和老贺打着招呼,满脸都是明快的笑意。老贺伸出手要与他握手,而这个举动又让这个黑人小伙子猝不及防,他伸出的那只手,令老贺不禁一颤——那是一只长得十分松散的手。他从没见过如此修长的手指,手掌与手指的比例明显失调,手背上的疤痕凸起在乌黑的皮肤上。小伙子紧紧攥了一下老贺的手,又抽了回去,突然做了一个格斗动作,两只大拳头在他的脸颊前晃来晃去,灵敏的动作让他看上去像某种小动物。

"Bruce Lee! Bruce Lee!"

"啊！Bruce Lee！"老贺恍然大悟，他说的是李小龙。这应该是他认识的唯一一个亚裔明星，这也应该是他对亚洲和中国的全部认知。

"你喜欢他吗？"老贺用英语一个词一个词地对他说。

"当然，所有人都喜欢他！"小伙子身手矫健，在空中踢了一下腿，对老贺挤了一下眼睛，又立刻接过盖先生的猎包，迅速跑回基地的木屋里，取出了一把猎枪。这把猎枪是为老贺准备的。小伙子将它安置在了越野车的后备箱里。

"他叫乌布，我的助手。是我的鼻子，也是我的眼睛。他替我们观测所有动物的行踪，没了他，咱们会寸步难行的。"盖先生一手搭在了乌布的肩上，又摸了摸他的脑袋，表示对他的表现很满意，"他很勤奋，从不知疲倦。"乌布嘴里叼着一根干草，不停地用牙和舌头在嘴里鼓捣着它，又时不时地哼唱着歌。

"你唱的是什么歌？"

乌布冲他笑笑，显然他听不懂老贺在说什么了。

"他只会说马赛语和几句非常简单的英语。"盖先生一边将他们请进了木屋里,一边说,"这里的原始居民英语都不太好,他们没上过什么学。"

这时,一只长得很奇特的猎犬不知从哪个方向,突然蹿了出来。它的脑袋又小又尖,和它那修长的四肢与身体完全不成比例。而它那双又黑又亮的眼睛,却显得格外炯炯有神。它似乎可以探测到周围一切隐藏的危机,那是人类永远也无法预测和察觉的。

盖先生蹲下来,抚摸着猎犬的下颚,说:"它叫迈凯伦,六岁了。对于一只猎犬来说,已经不年轻了。不知道它还能陪伴我几年。它是我见过最聪明的猎犬了,它能侦测到二十公里开外有什么猎物,当然,这可能有点夸张。但到时候你就知道了,它有多么敏感。它也知道什么时候安静不动等待猎物,和以最佳时机抓捕。"

迈凯伦将身子俯低,盖先生亲吻了一下它的额头。竹桑也俯下身来,摸了摸猎犬小而精致的脑袋。

"它是什么品种的猎犬?"竹桑问。

"这是灵缇,奔跑速度快,非常适合在猎场里。"

原来 Greyhound 就是这种猎犬。竹桑眯起了眼睛,鱼尾纹也一下堆了起来。她重复着这个单词,似乎想起了什么。记得上次,她在美国旅行时,坐的就是 Greyhound 长途穿梭巴士去找的女儿。女儿那时正在加州做一年的艺术交换生,而竹桑和朋友也恰好相约一起去美国旅行,她决定顺路去看望她。自从女儿走后,她们每次的通话时间不会超过十分钟,每每举起电话,竹桑的第一个问题永远都是"最近身体还好吧?",除了嘘寒问暖以及生活最基本的状况外,再也想不出别的话题了,似乎说什么都显得尴尬和没必要。她们常常以无言的沉默作为通话的结束。竹桑那次的美国之旅最后一程,就是要乘坐 Greyhound 前往加州。而这一趟,却把她折腾得要命。女儿只是为她买了一张 Greyhound 的车票,并告诉她,只要一站坐到底就到了,除此之外,再没嘱咐过什么。其实,也不需要多加嘱咐什么,女儿说得没错,只要一站坐到底,便是大学的校园门口。但即便如此,竹桑还是走丢了。没有同伴的她,几乎无法独自出行。仔细想想,竹桑确实没有独自出过远门。曾经是老贺陪着,离婚后就是朋友陪着。作为一个提前退休、财务自由、英语流利、身体健硕的妇女,她的生活本应该是潇洒自如、疯狂享受她的晚年的。但她的"无法独自出行"把她牢牢地困在了家里。竹桑决定单独去加州，是下了很大决心的，但终归还是没有见到女儿。竹桑一气之下，坐着同一班 Greyhound 又回到了出发地，迅速与朋友会合，又一起飞回了北京。女儿也没有过于关心母亲为何没有来。母亲没来是很正常的事，她深深地知道，母亲基本没办法一个人独自行动，或者说她基本就没自己干成过什么事。竹桑气自己，也气女儿。之后的很长一段时间里，她们彼此都没再联系过。再后来，竹桑就在网上发现了女儿。

竹桑一边发着呆，一边挠着迈凯伦的鼻尖，直到一股肉的香气从木屋里飘出，迈凯伦一下子蹿了进去，竹桑的目光也随着迈凯伦追了过去。屋内弥漫着咖啡和烤肉的味道，原来是乌布在做早餐。

"好香的味道。"老贺的喉结往下沉了沉。这烤肉的香气真特别，肉香中还混着一种炒坚果和牛奶的味道。老贺和竹桑从没闻到过这样的烤肉味。

"当然，这是斑马的后腿肉。斑马要比长颈鹿、大角羚羊还有角马的肉都要鲜美一些，肉有弹性，味道也独特。"说着，盖先生从小厨房里端出来了一大盘冒着热气的面包和烤肉。可当竹桑听到是斑马肉的时候,脸上突然露出了十分反感的表情。

"入乡随俗吧,你就当它是牛肉。"老贺说着,切了一块肉放到了竹桑的盘子里。

"快吃,一早上没吃东西,胃病该犯了。"老贺用叉子往嘴巴里塞了一大块黑乎乎的肉,起劲地嚼着,"太好吃了,你快尝尝。"可由于宿醉,竹桑一点胃口也没有,只是一直觉得口干舌燥。她端起旁边的茶杯,呷了一口热茶,勉强捏起一块面包,嘴巴没滋没味地咀嚼着。而老贺完全沉浸在了嘴里的那块斑马肉所带来的幸福中。

竹桑嘴里的面包咀嚼了很久之后,才使劲咽了下去。她环顾着四周,木屋的墙上挂满了猎枪,新旧款式不一,透着股血腥与暴力的气息。木窗户旁边,挂了一幅精美的手绘猎场地图,竹桑不禁发出一声赞叹:"画得可真美啊。"她站起来,凑上前去仔细欣赏。猎场的北面和东面是用灰色颜料大面积渲染的禁猎区。而猎场中,各种大型动物的卡通形象被分布在了不同位置上。她猜测着女儿的足迹,她是否也看过这样精美的地图。

她缓慢地扫瞄着地图，幻想着所有她去过的地方和看过的风景。

老贺太饿了，这顿早餐是他这些天以来吃过的最为可口的一餐。他在心里暗暗地赞叹，原来斑马是如此美味呀。看来那个男人说的对，斑马的后蹄筋一定更好吃。直到他吃完盘子里的最后一块肉和面包，才抬眼看到了那一侧墙上的猎枪。这些猎枪，让老贺惊叹不已，甚至不敢靠近。

盖先生说："这些都是几十年前的老枪，很多年没有检修过，基本已经淘汰了。这是我父亲的，温彻斯特M70步枪，功能齐全速度极快，你永远都可以相信它。这是我的一支三十年前的老枪，勃朗宁BAR，这款曾经是军队用枪，后来经过改良，重量和后坐力都比以前小了一些。这款就不用介绍了，著名的AK。"老贺对枪支还是有些研究的，虽然没有亲眼见过，但从纪录片和图书中也掌握了不少猎枪的知识。如今，终于能亲眼看到亲手摸到了，对于老贺来说，就像是亲手摸到了一件令人垂涎欲滴的尤物，令他兴奋。

老贺突然驻足于此，仔细地检阅着。他把脸凑近了一些,可以闻到一阵淡淡的铁腥和汽油的味道。他注视着眼前的一排枪口,似乎突然看到了一颗子弹正穿过一只正躲在灌木丛中的野猪,穿过胸膛的那一瞬间,鲜血四溅,那画面被无限放慢,血液悬浮在空中。

盖先生双手架起了那支勃朗宁,枪口对着门外,闭起了一只眼睛。

"我最爱的还是这支,重量、大小都刚刚好。"盖先生又说,"您以前接触过猎枪吗?"

老贺的脑海中,突然浮现出来一个模糊的身影和面庞,他含糊其辞地说:"嗯……算是吧。"

盖先生又说:"相信我,所有男人都会对它上瘾的。"

"我可以试试吗?"竹桑突然说。

"当然。你知道吗,我的客户中百分之七十都是女性。像您这么美的女人和猎枪简直就是绝配。"没想到,竹桑对猎枪确实得心应手。姿势也摆得有模有样。盖先生赞叹着,"你瞧,我说得没错吧!"竹桑用枪口对着门外,瞄准了门口树上的一根树枝。老贺立即起身:"别动,我给你拍一张。"老贺赶紧掏出手机,对准了她。

对于给竹桑拍照片，老贺是经她严格训练过的。镜头角度不能过高，人要在照片中间，背景要有特点，还要突出人物。老贺已经很多年没给竹桑拍过照片了，但令他感到惊奇的是，当他举起手机的时候，他就自动摆出了那个姿势——双腿岔开，膝盖微微弯曲，呈一个马步。双手举在胸口的位置，不能过高也不能过低。左手握住右手，这样按下快门的时候，就不会抖。

"拍好了，拍好了。你看看合格不？"

竹桑立刻放下猎枪，胳膊酸得发胀，肩膀也被硌得生疼。

"感觉怎么样？"盖先生笑着问她。

"这枪虽然重，但你别说，还真有点意思。刚才我还是挺酷的吧？"竹桑对照片很满意，仔细地端详着自己。

"就是我这身行头不对，一看就是玩票的。要是猎装一穿……要是……"竹桑刚刚露出点喜悦的神情，突然间消失了，她想到了女儿，如果女儿看到她这张照片也一定会喜欢吧。如果她知道，她的妈妈能打死一只大家伙，也会觉得妈妈很厉害吧？

老贺一下就察觉到了竹桑一定又是在想女儿。他立即说:"明天,明天就给你找一身猎装穿起来。"

竹桑苦笑着:"算了,我又不打猎。"

盖先生随手将勃朗宁递给了老贺。老贺双手接过枪:"我年轻的时候,曾在中国的小兴安岭待过。那个时候每天一睁开眼睛,就有干不完的活儿在等着你。记得有一天中午,我吃过午饭,躺在一棵树下睡觉,恍恍惚惚又来了一个人,那个人浑身散发着一股牛皮还有柴火的味道。我吓了一跳,一看他就是外面来的人。我迷糊着站起来,见他身上背了一杆猎枪。他向我打听路,他说自己是个猎人,游荡在山里。那时候,我真羡慕他,恨不得立刻就跟他走。对了,我记得,他还教过我怎么用枪。好像是这样的……"说着,老贺有点激动,这就是他曾经的梦想呀!可当他把猎枪架在肩上的那一刻,他突然对自己的记忆失去了判断。他心里咯噔一下,猎枪对于他来说竟然如此陌生,这恐怕也是他迄今为止第一次触碰它,怎么会这样呢?

"你是左撇子吗?平时写字、吃饭都用左手吗?"盖先生问他。

"哦……您说什么?"老贺一时不知所措,脑袋有点发蒙。

"我是说您平时习惯用左手吗?"盖先生重复了一遍,还碰了碰老贺的左胳膊。

"不是,当然不是。"

"那么你就要把枪扛在肩的另一侧,并且用右手扣动扳机。就像这样。"盖先生一点点地帮老贺调整姿势。老贺想着,如此看来,自己真的对枪的拿法一无所知。文字理论知道得不少,可真正端起枪来,却像个白痴。

竹桑坐在餐椅上,看着老贺那笨拙的姿势:"还总跟我吹你以前玩过枪呢。简直还不如我。"

老贺沉默了,怎么会这样呢?他在记忆中努力、仔细地搜索着,他明确地记得那个猎人还曾称赞过他是个天生的猎人呢。但……事实怎么会这样呢?

"走,现在我们到外面试试看。"盖先生带着老贺和竹桑走出了小木屋,上午的天空好像离地面很近,让人有种触手可及的幻觉。老贺再一次将猎枪扛在了肩头。这一次,他的动作娴熟了很多。他突然觉得自己高大了起来,也许是因为这看似很低的天空,也许是因为这猎枪让他似乎变成了那个小兴安岭潇洒勇猛的猎人。"现在你只需要，将两腿稍稍打开一点，保持重心站稳。假设这棵树就是你的猎物，你的身体和它要保持一个四十五度角。就是这样。"盖先生将他的身体转动了一下，又松了松他的肩膀，"你的身体太僵硬了，要放松些，不要紧张。呼吸要平稳，相信我，你的心境动物们是可以感受到的。"

老贺一边歪缩着脖子端着枪，一边转动身子调整体态。他努力让自己放松下来，但手心和鼻头上还是被一层汗珠给蒙上了。他那平日凝重而严肃的脸显得更加焦虑了。此刻的他突然发现，他好像一下对这件事情失去了兴趣。年轻时对那位猎人及狩猎人生的美妙幻想，也在这一刻，彻底破灭了。他的脸色变得无比阴沉，心情极为浑浊、失落，甚至伴着一丝的痛苦。一大颗汗珠，从他的额头上顺势而下。

盖先生突然拍了下老贺的肩膀："嘿！你还好吗？在猎场，你们首先要学会的是不要轻举妄动，这些隐藏在草丛或是正在觅食的动物，它们都十分警觉，若是想捕到它们，一定要学会保持安静和等待，否则会在你猝不及防时逃之夭夭。想要拍照的话，就要像我这样，先缓慢地抬起一只胳膊，握住相机，再缓慢地抬起另一只胳膊，注意尽量不要碰到身边的草丛或是树叶，它们对这种窸窸窣窣的声音极为敏感。另外，你的这条丝巾，可能有点危险。有些动物的视力虽然很差，但对这种颜色鲜艳的东西往往会很敏感。为了你的安全，最好不要带进猎场……"

"如果，一枪没有射死猎物，我该怎么办？"竹桑突然来了兴致，打断了盖先生。

"那就必须立刻再补一枪，最好直击心脏。不能让动物在死的过程中过于痛苦。这是猎人对动物最后的敬意。"

老贺"嗯"了一声，这声音沉闷得像是从深邃的腹部中发出来的。

"那第二枪要是没有打中呢？"竹桑继续问。

"我会替你击中它的，放心，最后的战利品是属于你的。你还可以给它摆一个漂亮的造型，和它合影。"说罢，他冲老贺和竹桑挤了一下眼睛。老贺肩膀向下沉了沉。

盖先生的"教学"讲解就此结束了,像是为了不违反合同上的规定而走的必备流程一般。又或许,他知道这些客人当中,只有极少数单纯是为打猎本身而来的,多数客人不需要这么详细的讲解,他们打猎的目的只有一个——那就是和死去的战利品合影。而往往,那些战利品都是乌布和迈凯伦发现、盖先生击中的。他们只是躲在盖先生的身后,目睹这一切的过程而已。但对于大多数在钢筋水泥花园生活的客人而言,光是目睹"死亡",就已经足够了。

他们再次回了木屋,盖先生用一根树杈指着猎场地图,讲解着动物的大体分布位置。

"还有一件事情,今天午后会有暴雨,但我们这里的暴雨都是一阵阵的,非常短暂也非常猛烈,所以我们动作要快一点,争取在暴雨来临前,捕到我们的猎物。"

一阵风吹过,窗外的树叶沙沙作响,像是在悄悄向他们预示着一种未知、可怕且不受控制的危机。盖先生为他们沏好了茶,是那种很廉价的英国红茶。盖先生对乌布说了一句什么,乌布立刻又蹿了出去,在越野车的周围来回检查所有的装备是否齐全。

一切准备就绪后,所有人坐上了车。盖先生踩足了油门,在一阵肆意飞扬的尘土中,奔向了猎场。

## 四

"看到远处的山脉了吗?它看着很远,但实际上开车二十分钟就能抵达。在这里,我们常常会被眼睛欺骗,看上去真实的东西,其实未必。看似很近的物体,反而离我们很远。在那座山的下面,有一个岩洞,它有七十多年的历史了,我有时会在那里躲雨。那个岩洞很奇特,岩壁上有一些壁画,应该是本地的部落人留下的,如果有机会你们真应该去那里看看。这里曾经是马赛人的地盘,他们靠游牧为生,是野生动物的追踪者,但他们很害怕野牛、河马和大象。那些看上去温和的食草动物,实际上很凶猛的。我们也一定要小心。告诉你们一件有趣的事,狮子害怕马赛人,因为他们的成人礼就是要杀死一头狮子或是一头大家伙。狮子害怕红色衣服的,红色格子就是他们的民族服装。"

"就是乌布的这身衣服吗?"

"没错!"

"这里有一本动物画册,如果有不认识的动物,可以翻阅。"

盖先生一边开车,一边为他们讲解这里的习俗和逸闻趣事。话音刚落,一只燕雀突然猛地扑闪着翅膀飞了出来,盖先生动作迅速地举起猎枪,在空中瞄准了它,扣动扳机。一声巨响炸裂在天空中。燕雀被猎枪射中,在空中停顿了两秒,身体向后微微倾斜,双翅用力往身体的方向挥去,像是在生命最后一刻要极力拥抱住自己。猎场中的燕雀真是一个极为无力的存在。

竹桑被这毫无预兆的枪声吓了一哆嗦,乌布和猎犬立刻扑上前寻找那只刚刚垂直落下的鸟。不一会儿,乌布一手拎着那只死去燕雀的尾巴跑了回来。紧接着,乌布喊了一嗓子,盖先生一下就停住了车。看样子前面有情况,他挥了一下胳膊示意全体下车。

"就是这儿了。"盖先生轻声说着。

"这儿有什么?我怎么什么也看不见呢?"竹桑伸着脖子,四处张望。老贺坐在车上,慢吞吞地过了好一阵才下车。

"我们的车不能离它们太近,会惊动它们。前面就是长颈鹿的栖息地,运气好的话,那附近还有斑马和羚羊。"盖先生递给老贺一把猎枪,自己肩上也挎上了一把。他们向前,缓慢行进。乌布像一只灵敏、训练有素的猎犬,动作谨慎、迅敏。他懂得如何悄无声息地在灌木丛中来回穿梭,而尽量不被大家伙们发现。而竹桑和老贺却动作笨拙,身体一瘸一拐的,老贺鞋里像是进了石头子,他的脚时不时就要往旁边用力侧蹬一下。而竹桑总是趁着盖先生不注意的时候,小心翼翼地用手在脸的周围扇动几下,驱赶不停围绕在耳边的各种飞虫。竹桑与这广阔、狂野的大自然格格不入,她甚至从来没有接触过真正的自然。老贺生长于东北小兴安岭的小村庄里,但在他的记忆中,只有干不完的农活和没有尽头的寒冷和饥饿。他的确是在田野中长大,但从未在自然中得到过什么心灵上的慰藉,也从未对大自然感恩过什么。那曾经在树林中度过的童年和青春期,对他来说都是痛苦的。只有那个他现在也无法确定是否真正出现过的猎人,在他晦暗的青春里点燃了一点光,也让他曾经相信,生命还存在着另一种可能。

盖先生走在前面,他用双手小心地拨开半身高的草丛,时不时地回头给他们手势,示意前方安全,继续保持现状向前。盖先生营造出了紧张的气氛,似乎前方真有什么不可预测的危险一样。

忽然,盖先生停下了脚步,一边迅速用手势告诉他们蹲下,一边侧着耳朵用力探测前方的动静。不一会儿,乌布瘦小的身影不知从哪个方向冒了出来。他们用马赛语简单交谈了几句。盖先生耸了耸肩:"没办法了,今天太不凑巧了。长颈鹿在这附近一带都没有出现。如果我们现在回到车上,在别处寻找的话,可能要到下午了。"盖先生抬头看了一下天,又说:"瞧,马上要下雨了。我们最好趁着暴雨前回到木屋。"

"我们再往前走一走,说不定就会遇到了。"竹桑用一种失望和恋恋不舍的眼神继续把头扭向另一侧,她希望奇迹能在下一秒就出现。

"走吧,现在是雨季。动物的栖息地随时都在变化。空手而归是很正常的,有些客人甚至在这里耗了一个星期也什么都没猎到。"盖先生拍了拍她的肩膀。

此刻，天色渐暗。一层厚厚的乌云遮挡住了太阳，随后树叶开始哗啦作响，暴雨瞬间倾泻下来，木屋窗外一下失去了所有的景色，变得模糊起来。乌布跑到了厨房里，不一会儿的工夫，就端上来一盘下午茶——手工饼干、三明治和热茶。老贺双手捧着暖乎乎的杯子，心情舒畅了一些。在这种天气的荒郊里，能喝到一口热水，是一件相当令人幸福的事。

老贺望着窗外的暴雨，心中产生了一丝平静。可竹桑一直心不在焉地摆弄手机，她突然想起来了大使馆那边的消息。她反复重启网络，试图能搜索到一格信号。

"早上就没吃什么东西。"老贺递给她一块饼干。

"我没什么胃口。现在手机一点信号也没有，我担心会错过使馆的消息。"

盖先生看出来她的不悦，说道："你们应该不是来度假的吧？"

老贺长长地呼出一口气来，盖先生递给老贺一支烟，示意他们可以到外面聊聊。竹桑突然说："我们是来找女儿的，她曾经也来过这里打猎。她打死了一头长颈鹿，之后人就没了。"

盖先生表情一下子严肃起来,好像想起了什么:"她是叫 Leila 吗?"

"你见过她,对吗?"

"天啊,你们居然是 Leila 的父母!"盖先生恍然大悟,接着又露出了极为同情和悲伤的表情,"我就是他们的导猎。对于她的遭遇,真是太抱歉了。这件事猎场不允许我们对外宣扬。你知道,这会影响他们的生意。"

竹桑和老贺相互望了一眼,竹桑又说:"快点跟我说说那天都发生了什么,她究竟遇到了什么事?"

"Leila 应该是和她的男朋友一起来的。她的男朋友应该很爱她,一直给她拍照,照顾她。那天就和我们上午做的事情一样,先带他们来木屋,吃了一点东西就进到了猎场。他们选择的是长颈鹿。那天我们的运气很好,没过多一会儿就遇到了。Leila 的枪法也不错,打靶的时候,十发子弹打中了六发。她就是胆子有点小,最后也没敢在猎场中开枪。她好像对打猎这件事有很多的顾忌。我还很疑惑,问她如果有顾忌为什么还来,她说自己以前参加过'绿色和平'组织,但他们有时太极端,自己也没办法完全接受,就退出了。但她还是一个环保主义者，来这儿也是迫不得已，一方面是经纪公司要她来的，说这个题材的没有人拍，拍了肯定火，到时候粉丝量过了千万那身价就不一样了，我才知道她原来是个小明星啊。另一方面，她说是男朋友想来。"

"所以，你的意思是那只长颈鹿是她男朋友打死的？"

"当然了，她男朋友没有 Leila 的枪法好，但痴迷打猎。"

"她是被冤枉的！"竹桑用中文喊了出来。

"之后……第二天，就有警察来找我们猎场了，盘问了很久。老板不许我们透露一点消息，但实际上 Leila 的不幸确实和我们猎场没有关系。"盖先生继续说着，"我听说 Leila 似乎是将这段视频公布到了网上。她在网上很有名吗？但仔细想想，我还是觉得她的死因很蹊跷。"

竹桑浑身发抖，嘴唇也泛起了紫色。这里的温度随着暴雨的来临骤降了五六度。老贺将自己的外套脱下，披在了她身上。

眼泪再一次从竹桑的眼睛里流了出来。盖先生为竹桑倒了一杯热茶，拍拍她的肩膀说："你们的女儿很漂亮，她是一个很勇敢的女孩。但她很少笑，总是皱着眉头，一副心事重重的样子。"

"她就是这样。"老贺欲言又止。

盖先生望了望窗外，从上衣的内兜里掏出了一个铁质的烟盒，拿出来了一根烟递给老贺说："您想试一下我们本地的烟吗？瞧，外面的雨已经停了。"

老贺下意识地扫了一眼竹桑，见竹桑依旧沉浸在无限的苦痛中，接过了盖先生手中的烟，他们一起走到了木屋的外面。被暴雨洗刷过的空气格外新鲜，耀眼的阳光再次普照大地，泥土和青草的味道混在空气中，让他想起了童年的时光，可那回忆是痛苦的，记忆的创伤使他从未认真体会过自然的美好。

盖先生帮老贺点着了烟，老贺深深吸了一口说："其实，我已经戒烟了。"

"你是'妻管严'吗？"盖先生笑了一下，"我看得出来，你老婆很厉害的。"

"实际上我们已经离婚很多年了，是因为女儿的事，才一起到这里来的。"老贺已戒烟多年，忽然抽上一支烟，感觉有点头晕，话也变得多起来，盖先生似乎变成了某一位他相识很久的老朋友，他突然有很多话想和他倾诉。

"女儿和我的关系不太好，她小的时候我和她妈妈总吵架，本想那时就离婚的，但又怕她受影响，就一直拖到了她成年。或许我们应该早一点离婚的。Leila很早熟，是一个很敏感的孩子，她其实早就知道我们的关系不好。或许她是在怪我，为什么不和她妈妈早一点离婚。她高中一毕业就提出了想要留学的想法，我和她妈妈当时都松了一口气。当然，我想她和我的想法是一样的，要逃离这个家。她留学后和我一直都没什么联系。"

盖先生对老贺的这一番话表示理解，但又不是十分认同。他似懂非懂的，皱着眉头望着老贺那一张苦闷的脸。作为一名导猎，他很乐于听各路客人讲故事。

"竹桑是一个很善良的人。她这一生都没吃过什么苦，也没遇到过什么坎坷，顺风顺水的一直都被照顾得很好，所以难免有些小脾气，有时候也喜怒无常。她总是用她的想象来揣测我，她也完全不知道我在想些什么，不在意我的感受。但这都不是问题，主要问题是出在我这里，我不适合家庭生活。自打离婚之后，我一下就解脱了，浑身轻松。我不用再为此费神了。"

老贺胸口像是压了一块大石头，这时一缕阳光从云缝间照射下来，把老贺的丝丝白发映得闪闪发光。

"盖先生，我有一件事想要求您。您一定要答应我。我知道，竹桑一直都想去那里看看。想去看看女儿最后去过的地方。那也是和女儿离得最近的地方。您能帮这个忙吗？"

盖先生面露难色，他摘下帽子，吸了最后一口烟，将烟头扔在了地上，用脚尖踩灭："这可是有点困难呢。"

老贺刚要张口对盖先生说什么，见竹桑从木屋里走出来，立刻又闭上嘴了。她面色惨白，一副失魂落魄的样子。她的双手很用力地交叉相握在小腹的位置上，声音也有点颤抖，这与她刚刚在猎场时的样子判若两人。"你还记得 Leila 曾经去过的地方吗？"

"是的。"

"你能带我去看看吗？"

盖先生面对这可怜的女人，他实在不想拒绝她的请求:"现在是雨季,那片猎场处于封闭期。"

"我不会停留很久的。我知道您一定有办法的。"

盖先生想了想,把头扭到了另一侧,吹了一下口哨。乌布从木屋的后面跑了出来,两人用马赛语交谈几句后,乌布突然很严肃地看着竹桑和老贺。

盖先生说话的时候,总会伴着一些手势。他对乌布又比画了几下,结束了他们之间的对话。盖先生说:"今天下午一直到明天早上都会持续降雨,你们是肯定不能去的。明天上午的天气会好一些。但是,你们一定要记住,快去快回,绝对不能让别人发现。"

"那您的意思是明天上午我们可以去吗?"竹桑抓住了最后的机会。

"可是明天我已经有客人了……但或许我可以借给你们一辆车。你会开车吗?"盖先生问老贺。

"我……有驾驶证,就是没怎么开过。但勉强开还是可以的。"

"之前说过多少次让你学开车,关键时刻掉链子!"竹桑生气了,又骂老贺是个蠢货,老贺面子挂不住,脸一下就憋红了。她为什么总是在外人面前一点面子都不给自己留。她就是这样，发起脾气，从来都不会在乎别人的感受。

盖先生突然用力拍了一下老贺的肩膀："放心，这儿都是平原，只要别往树上撞就行。瞧，那边翻过那栏杆就是了。千万记住，开车转一圈就要出来。况且明天有暴雨，猎场里的暴雨可不是闹着玩的。"

"您放心，转一圈就出来，绝不会停留太长时间。真是太感激您了，真的不知道该说什么好了。"竹桑双手一直揉搓着衣服的前襟。盖先生看了一下时间："今天我们还有点时间，想再去试试运气吗？"

竹桑总算是来了点精神："走吧，我们再去转一圈，说不定会有什么收获呢。"

他们再次坐上了越野车，进入到猎场。老贺坐在副驾驶，盖先生为他详细讲解了越野车的驾驶方法以及车上种种的开关小机密。竹桑的脸上渐渐泛起了光，她望着广袤的平原，终于得到了一丝内心的平静。一团团的乌云缓缓向他们的方向移动着，阳光时而遮蔽，时而倾斜，一会儿工夫，太阳就升到了他们头顶的斜上方，部分云彩发出灼热的白光。而远处黑云的下方露出破绽，另一侧的阳光毫无遮拦地流泻出来，宛若光的血液从巨大的伤口里奔涌而出。

乌布突然喊了一句什么，盖先生缓缓停下车来。老贺低声问："是看到猎物了吗？"

"是的，我们等下再行动，乌布和迈凯伦先去周围探探情况。"

迈凯伦像发射出去的子弹，一下就消失在了草丛中，乌布紧随其后。又过了会儿，盖先生给了一个手势，示意他们下车，动作要轻一点。盖先生走到车的后面，小心地拎出两把猎枪和三脚架。

半身高的草丛在远处唰唰作响，竹桑心中一紧，怕是会从哪里蹿出什么东西来。伴着窸窸窣窣的声音，乌布的身影逐渐浮现了出来。他咧着嘴，一副无比喜悦的表情，一边指着前方，一边对着竹桑和老贺重复着一句马赛语。竹桑领略到了乌布的意思，踮起脚尖用力向他指着的方向望去，远处茂密的丛林，暗藏着一种未知的恐怖。四处是苍蝇、蜜蜂以及不知名的昆虫所发出的低沉羽音。杂草纵横，隐隐地吸收着太阳所发出的巨大能量。

　　盖先生递给了老贺一支猎枪,老贺将它挎在肩上,他的步子变得犹疑。竹桑跟在老贺身后,看着他的背影忽然感到,眼前的这个老男人似乎高大了起来。

　　盖先生带领着他们,在草丛中继续向前走。一头长颈鹿的头逐渐浮现在草丛尖,竹桑小声地喊道:"我看到它们了!天呀,旁边还有一只呢!"竹桑手忙脚乱地从包里翻出一只小型望远镜,满脸喜悦地说:"个头还真不小呢!"

　　盖先生举起了右手,示意他们停住脚步。他将身上的三脚架轻轻地放下来。眼睛时不时地观望着远处正在吃树上叶子的长颈鹿。它们悠闲自得,显然没有发现不远处暗藏的危机。看样子它们是一对,一头雄鹿,一头雌鹿。脑袋相互一高一低错落、缓慢地浮动着。竹桑将望远镜递给了老贺。老贺仔细地观察着长颈鹿的耳朵、鹿角、睫毛和正在咀嚼食物的嘴巴。它们的眼睛如此妩媚,这对长颈鹿的一举一动中都渗透着一股人类无法企及的优雅和默契。老贺看完,竹桑继续双手举着望远镜,她从来没有如此细致地观察过长颈鹿,也从未如此观察过任何动物。它们此刻安逸地陪伴着彼此。竹桑一下就想到了什么,这画面在梦里出现过,只不过在梦里,它们是白颜色的,很模糊,它们在雾中优雅地漫步。竹桑突然说:"快住手!"

此刻,盖先生和老贺正用两把猎枪瞄准它们。

"就是现在。"盖先生轻声在老贺的耳边说。可他耳朵里此时轰鸣作响,什么也听不见。盖先生见他迟迟没有反应,又说,"动作要快一点,否则就要错过时机了。"老贺瞄准了长颈鹿的后腿,扣响了扳机,猎枪的后坐力使他的肩膀带动了整个身体,猛烈地向后退了半步。尽管盖先生拼命嘱咐无论遇到什么情况,都不要在猎场里惊声尖叫,可竹桑还是没控制住自己的嘴巴,发出了一声比枪声还要刺耳的尖叫。她惊恐万分地捂住了自己的嘴。

枪声在空中爆裂,回荡。那只雄性的长颈鹿的身体先是猛地颤动了一下,又瞬间停住了,接着两条前腿跪在了地上,脖子也缓慢地开始向地面降落。最后,是那两条后腿,它们仍旧试图支撑整个庞大的身体,让它不要那么快倒下。而那只雌性长颈鹿,跑到了离它五米开外的地方,叫唤着。长颈鹿的叫声是一种诡异的刺耳声。它围绕在原地,不停地跺着四条腿。令盖先生感到诧异的是,老贺竟然只用了一发子弹就准确地打到了猎物的要害部位。那头奄奄一息的庞然大物在原地经过了一阵挣扎后,终于彻底倒下了。

"干得漂亮!"盖先生用力拍了拍老贺的后背,老贺兴奋极了,甚至已经将竹桑抛在了脑后。

"快跟我来!"他们一路小跑地奔向长颈鹿,而迈凯伦早已激动地来回在长颈鹿的身边嗅来嗅去了。长颈鹿的同伴见他们跑来后,立即笨拙地一蹦一蹦地跑远了。

竹桑站在原地,一只手捂住嘴巴,双脚一动也不敢动,像是被地上枯萎的蒿草缠绕住了。那可是一个生命啊,刚刚还在眼前悠然自得地和同伴一起咀嚼着树叶,现在这个看似强大、坚毅的生命竟消失了。她看着盖先生、乌布、迈凯伦和老贺忙碌的身影,一种复杂的情绪盘旋在心里。她呆住了,这是她第一次亲眼见证一个生命的倒下,无论是视觉感官,还是生理感受,对于她来说都是一个巨大的冲击。然而,令竹桑最最难过的是,她自打看见这两头长颈鹿后,就一直觉得它们与梦中的白色长颈鹿有着某种联系,她甚至觉得它们和梦中的它们就是女儿……

"这家伙的个头真大,这可不多见!"盖先生一边说着,一边和乌布将长颈鹿的脑袋摆放到了它的身体前方,它的嘴巴微微张开,黑色的舌头从嘴巴一侧吐出来。一道尖长而浓密的睫毛覆盖在了下眼睑上,它看起来像是睡着了,安静而平和。然而从身体的整体结构上来看,它的造型已经十分扭曲了。脖子被搁置在了屁股的位置,脑袋架在两只后腿的上面,而前腿一只被压在了身体下,另一头则弯曲在了靠近脖子的位置。盖先生对两只前腿的位置十分不满意,他说:"这样的姿势太难看了,会影响拍照效果。但是,没办法,它太重了。"盖先生一手叉着腰,一手在空中比画着,像是在描述一件废弃的电影道具或是一辆被撞报废了的汽车一样,向他们解释着。

"竹桑快过来呀!"老贺挥着胳膊,冲她喊道。

竹桑依旧站在原地,她已经顾不得耳边蜜蜂、蚊子不停环绕的低鸣,地上肆意爬行的昆虫以及斜阳刺眼的光线了。她远远地观望着他们的一举一动,有些恍惚了。她缓慢地迈开了步子,向他们走去。当她逐渐靠近时,突然心生了一种恐惧。她甚至不敢仔细看那具庞大的尸体。盖先生招呼着她来跟长颈鹿合影,但竹桑怎么也走不过去。盖先生在地上拽了一把稻草,插进了老贺的帽子里,说这是猎场的习俗,它代表着胜利。最后看照片的时候,笑得最开心的就是乌布,一口白牙耀眼夺目。老贺的表情十分木讷尴尬,两个酒窝提到了眼睛的下方。盖先生搂着老贺的肩膀,比了一个赞的手势。而结构扭曲的长颈鹿在他们的后面,只露出来了一个脑袋,其他部位基本被这三个人给挡住了。这张照片是盖先生用手机为他们自拍的。

五

夜晚,竹桑总是感到身体周围或是上方盘旋着一股阴冷而潮湿的空气,她甚至可以隐约感觉到空气中反复盘旋着一股股的樟脑味。她辗转在这阵阵不安的气氛中,一直想找个机会和老贺谈谈自己这个没有边际的想法,长颈鹿与女儿到底是否存在着某种关联?可老贺嘴里却一直在说自己打倒这头庞然大物是多么的刺激、愉悦，脑袋一沾到枕头上就打起了呼噜。直到午夜一点，竹桑终于决定爬起来吃片安眠药。老贺在另一张单人床上熟睡着，不规律的鼾声一阵一阵。有时候，老贺会在睡梦中憋气很久，不知什么时候才会又发出下一轮鼾声。他有严重的鼻炎，这么多年他一直都是这样。老贺的呼噜声让她的太阳穴一蹦一蹦地跳着。他简直是一个无法沟通的人，他一点也不理解我。竹桑心里越想越憋屈，她一边躺着，一边默数老贺憋气的时间，有时候是五秒，有时候是七秒。就这样，不知道过了多久，她才渐渐睡去。

第二天清晨，竹桑疲惫地睁开眼睛。此刻房间依旧阴暗着，她借着窗帘缝隙透过的点点光线，摸着床头柜寻找手机。刚刚五点二十分，她在半梦半醒中度过了一个漫长的夜晚。老贺已经不打呼噜了，房间里无比寂静，外面的鸟儿已经醒来，开始叽喳地鸣叫着。老贺也在此刻忽然翻了个身，面对着竹桑伸了个懒腰。可能没睡好的缘故，老贺的一举一动都让竹桑感到厌烦和恶心。她只想今天赶紧去到那片猎场看看，迅速结束这一荒唐的旅程。可大使馆目前依然没有任何动静。

"现在几点了?"老贺问。

"五点半。"

"你睡得怎么样?"

"凑合。"竹桑不想和他多费一句话,老贺听着她的语气,有点莫名其妙,或许是没休息好的原因。老贺自动闭嘴了,小心翼翼地起身去了洗手间。竹桑把手机用力地拍在床头柜上,一头又倒回了床上。老贺在洗手间里听到外面啪的一声,心中一紧,这又怎么了?他立刻加快了洗漱的速度,匆匆出来说:"我先出去,看一下盖先生的车。"

竹桑并不关心老贺是否吃过早餐,只是按照两人约定好的时间在酒店门口相见。老贺又换上了昨天那身猎装,他的背影显得意气风发,可当他转过身来,看到他那张永远愁眉不展的脸时,她就再一次告诫自己,永远都不要对男人抱有幻想和希望。

老贺单手往几乎快要谢顶的脑袋上动作潇洒地扣了一顶深褐色牛皮大檐帽,这帽子是他早上闲来无事在酒店的礼品部买来的,价格不菲。他又从挎包里翻出墨镜戴上。他坐在驾驶座，的确有点职业猎人的模样了。这身猎装像是件魔法衣，只要穿上，他仿佛就不再是他，而是一个无所畏惧、身经百战的森林之王。

老贺按照盖先生的说法，启动了越野车。慢慢将车头掉转到路的出口方向，起初他开得很慢，但很快他便掌握了驾驶技巧，逐渐加速。抵达木屋时是八点十分，他们望着那片猎场，相互交换了下眼神。紧张与忐忑的心情突然席卷而来，竹桑深吸了一口气，她看着那片洒满阳光的丛林，有种女儿就在那里某处等待着她的错觉。老贺便再次启动了车子。

"咱们现在去哪儿？"老贺小心翼翼地问竹桑。

"那边好像有条河，去那里看看吧。"竹桑指着远处略微开阔的平原说。

老贺朝着竹桑指引的方向继续驶去。忽然，一群温良的羚羊出现在了他们眼前，周围是一些低矮的灌木丛林和腐烂的树干，旁边应该是一棵桃树。老贺渐渐停下车来，这一群羚羊并没有立即逃窜，它们继续低头吃地上的灌木和有些腐败了的酸桃子。未成熟的果子散发出一股股发酵的气味，让老贺又回想起了在小兴安岭的日子。

突然，车身一震，他们无意间误入了一片泥泞不堪的草地，轮胎在凹凸不平的地面上猛烈地颠簸。竹桑大喊一声："别再往里面走了，赶紧掉头出去！"老贺慌了神，手忙脚乱地用力打转方向盘，但为时已晚，轮胎已经陷入到了一个泥坑中，他已经完全忘记了盖先生最后的忠告——轮胎陷入泥坑中，首先要做的就是淡定。其次，千万不得用力踩下油门，要用一块石头或木头垫在轮胎下，缓慢地转动方向盘，试探性地踩动油门。竹桑在一旁不停碎念着："陷进去了！肯定是陷进去了，这可怎么办？这下要完了。你刚才没看到这边都是草丛吗？你在想什么呢？"老贺的耳边轰鸣作响，脑袋一片空白，除了用力轰油门，再也没有任何的办法。他再一次想侥幸将车子从泥坑中开出去。轮胎飞速在泥坑中打转，越陷越深。泥土四溢，溅到了竹桑的身上。竹桑怒火中烧，尖锐的嗓音和发动机的轰鸣交织着，像一张铁丝网将老贺的全身包裹住了。他狂躁地拍打着方向盘，面红耳赤。他甩掉墨镜，疯狂地喊道：

"闭嘴！到底有没有完？我真是受够你了。"

竹桑吓了一跳，声音戛然而止。老贺浑身发着抖，不再管轮胎的事情了。

"你这个人从来只就知道抱怨。以前你嫌住东边乱，想挨着香山，清净。我就开始找房子，买房卖房这一堆破事，你操过心吗？搬过去了又嫌离城里远。女儿的事也是……"老贺提到女儿，说到一半哽咽住了，他吸了一口气，强努着也要把这些话说出来，像是去赴死一般的悲壮，他使出了所有的气力，也要将这些话全部吐出来，说给竹桑听，"我一开始就不同意她去留学，是你非要她去。你为什么非要她去？还不是因为你自己的虚荣心！别以为我不知道你在想些什么。我不同意她去，你就说我没能力，这都是你的借口。我吃饭你嫌恶心，睡觉你嫌打呼噜，我做瓷器你嫌脏。你就是在嫌弃我、恨我。因为你，女儿走了。"老贺发泄完了，他还有更多想说的，但没有一句是关于刚刚发生的事，也没说他们现在应该怎么办。老贺发泄得如此凶猛，令竹桑一时没反应过来。而老贺却像是和自己打了一架似的，身体紧绷地抽搐着。竹桑本来想和他大吵一架，由于他的走神出了事，没有想到一点办法，反而说一些不着四六的话。但仔细回想一下,他说的这些事都过去了这么多年,为什么直到现在才一股脑儿地发泄出来。

两人终于安静了,在一阵歇斯底里之后,见竹桑沉默着,老贺竟感到一丝尴尬。他动作有些局促,走到了五米开外的一棵树下,坐下了。老贺不知接下来会发生什么,随时做好了竹桑要发狂的准备。可是……什么也没有发生。竹桑走到了他身旁,在一块略微干燥的草地上,也坐下来了。他们心中的怒火猝然消隐。一团厚厚的云遮盖住了太阳,缓缓向他们的方向飘来,又缓缓掠过他们依靠的这棵树,直到它散了原本的样子。

"接下来,我们该怎么办?"竹桑突然开了口。

"盖先生傍晚的时候才有空,到时候请他过来帮忙吧。"说着,老贺拿出了手机准备给盖先生发求救信息,但又发现这里并没有信号。他站起来,绕着树的四周走来走去。竹桑也翻出手机,同样接收不到任何信号。

"或许是这棵树的原因呢?"老贺说出了一个毫无根据的猜测。

"那就四处走走,车先留在这里,我们往出口的方向走。"

老贺此刻愿意服从竹桑发号施令。就在刚刚，在树下的时候，他无比懊恼为什么会将女儿的离开怪到她的头上。对于女儿的离开，她比任何人都难过。他越想越自责，尤其是竹桑没有对此表示出任何的态度和看法，她默默地听完自己无理由的抱怨后，却什么也没说。老贺宁愿竹桑也像自己一样歇斯底里。现在的老贺，一切都愿服从竹桑的安排。他们已经彻底迷失在了这里。天色渐暗，这是暴雨的前兆。

竹桑一点一点环视着周围——远处烟雾缭绕，朦胧的山脉，透过灌木远处广袤的平原，一条被雨水反复冲刷而形成的小溪潺潺在草间流淌；不远处时而骚动一下的树叶，那里面必定隐藏着某种动物；不知名的鸟庄严的鸣叫声在空中荡漾；阴郁湿冷的空气中那带有一丝丝甘甜的泥土和蒿草味；没有人迹的猎场。这无人之地给她带来的恐惧，已经远远超过了悲伤。她已无心在这里继续寻找女儿的足迹，这里与梦境中的那片树林没有丝毫的相似之处。她需要立即回到房间里。可这来时的路究竟在哪儿呢？她拿出手机，依旧没有任何信号，老贺的手机也是如此。不知走了多久，竹桑浑身是汗，口干舌燥。老贺把最后的一点水给了竹桑,他们一步也走不动了,决定在一块大石头上坐下来,四周传来阵阵蒿草的香气。不远处,有一片上面长着三四丛缀满淡紫色花苞的灌木,它们凝结着一股朦胧神秘的气息。

竹桑不停扇动着胸口的衣服,汗珠顺着眉毛一直流到脖子上。她太累了,决定闭上眼睛休息一下。天旋地转,她再也无法动弹了。不知过了多久,她被一阵冷风惊醒,她打了一个寒战,微微睁开眼睛。老贺依然坐在她旁边,正用一把小刀雕刻着一块木头。竹桑并没有立刻叫住他,她静静地看着眼前的这个男人,他的手依然粗壮有力,可以明显看到虎口上的肌肉,这是长期制作瓷器的结果。竹桑慢慢坐起身。

"就在今天早晨,我出现了一个幻觉。有那么一个瞬间,我好像又回到了那所破房子里。"

"那一定让你很痛苦吧,那所破房子,是我们婚姻的开始,也是结束。"

"不,在那一瞬间,我很幸福。潜意识中,我知道那是幻觉,但身体和心里的感觉又如此地接近现实,像是大脑在给我催眠。"

"很幸福?你的意思是那个破屋子还能给你带来什么美好的回忆吗?"

"或许吧,起码在这一瞬间。回忆是双向流动的,它会随着时间的推移而变幻。那所房子里所剩的记忆是美好的。"

"是呀,那所破房子里确实有过很多美好的回忆。"

老贺一下抓住了竹桑的手,"竹桑,你有没有想过……"

竹桑的手没有缩回去,想听老贺继续说下去。可老贺话锋又一转,"是我对不起你和女儿。是我太自私了。我害怕被禁锢住的生命,可是仔细想想我这一生都是被束缚、捆绑的。曾经在小兴安岭,我真切地记得那个猎人。但直到昨天,我才发现那个猎人其实就是我自己。那是在镜像世界中的另一个我。我这一生中,总是在回避思考。但每当我坐在工作室,面对那些废弃的、尚未完成的作品时,我就会反问自己,我的生命价值究竟是什么?这些乱作一团的思绪,一直在折磨着我,让我的生活缺少了很多东西。我所过的每一天看似游惰安逸的生活,实际上都暗藏玄机,每天都在焦虑和忧心中醒来。无论是我的思想还是身体，都是被禁锢住的，我害怕就这样死去。我想抛开一切，活成那个镜像中的自己。你能理解我吗？"

"你的确是一个很自私的人。"竹桑把手抽了回来。

老贺的嗓子里像是被卡住了块硬东西般，声音变得低沉、颤抖，让人听着心里发闷。他用一种发难的神情看向远方。远方传来了隐隐的雷声，它或许来自远处被乌云遮盖的山脉，或许来自那望不到尽头的平原，那声音虽然微弱模糊，但依旧震撼着心灵。夕暮的天空转瞬即逝，接下来便是密林中岑寂的黑暗。

竹桑说："你知道吗？我们在那棵树下落脚时，我忽然睡着了。做了一个梦，梦到了一只巨大的白色长颈鹿。它慢慢向我走来，虽然体形巨大，像有五层楼那么高，但它步法很轻盈，眼睫毛很长，它好像很悲伤，又面带微笑，一种我很难描述的表情。我就躺在那棵树下，一动也动不了。它的身体像是围绕着一团雾气，逐渐变得清晰。你猜我看到了什么？我看到，它的身上缠满了绷带，白色的长颈鹿——原来，它的身上是缠满了绷带啊。我常常梦到一只白色的巨大生物。在梦里，它总是被一团团的雾气围绕着,但即便这样,它的轮廓还是很清晰。它有一双巨大的眼睛,睫毛很长,优雅地眨着眼睛。可每次醒来时,它的轮廓又很模糊,是不具象的。"

竹桑讲述的时候,似乎也随着女儿的魂魄游荡去了另外一个世界。她目不转睛,但眼睛里全是空白。这令老贺担心了起来,不能再让她继续说着胡话。

"女儿的事,你还是要想开一点。"老贺低声说。

"冥冥之中,我一直觉得那只白色的长颈鹿就是她。她一定在试着向我传达什么。"

突然间,竹桑的手机响了,是大使馆的信息:明天上午九点,进行安葬仪式。老贺握紧了竹桑的手。与此同时,两束忽明忽暗的灯光冲他们渐渐逼近,那是盖先生的车!

## 六

天刚擦亮,老贺就醒了。竹桑还在熟睡中,气息均匀,丝毫没有要醒来的意思。老贺躺在床上,翻了个身，经过昨天的折腾，他的腰肌酸胀得厉害。他转向窗户的那一侧，心情异常平静。他突然想到了女儿小的时候，回忆突然像倒放的录像带一样，嗖嗖地把他拽回了十几年前。那天，他骑车带着女儿去幼儿园，走到一半车链子掉了，附近也没有修车的地方。公共汽车死等不来，眼看就要迟到了。他就抱着女儿一路小跑，女儿趴在他的肩膀上，看着不停倒腾的两只皮鞋跟，一下笑出来了，而且越笑越厉害，口水都流了出来。她笑得老贺也想乐，老贺问她怎么回事？她说从后面看你的两只皮鞋特别像马蹄子。老贺那时候已经跑得满头大汗、筋疲力尽了，可女儿这么一笑又让他突然放松下来，停住了脚步。他也觉得很可笑，两人这天就没去幼儿园，转路到旁边的景山公园玩去了。这件事老贺让女儿保密，这是属于他们之间的秘密。老贺会心地向上扬了扬嘴角。随着录像带不断地播放，女儿小时候的很多事情都历历在目，此刻他感到整个身体和灵魂都回到了从前的二十年中。

不知不觉，太阳已经升起来了，阳光透过窗帘照射进来，打在了竹桑的身上。竹桑却依旧躺在床上，把身体蜷缩成一团。老贺又翻了个身,阳光正好刺向眼睛,他也回到了现实中,是时候该起床了。老贺拍了拍竹桑的肩膀,把一条腿迈下了床。

"起来吧,时间差不多了。"

竹桑紧紧被子,用鼻子发出了一个无力的声音。老贺觉得不太对劲,仔细观察着她的脸,摸了一下她的额头,坏了!

"这么烫,这肯定是昨天冻着了。"老贺在屋里转悠,念叨着,"这可怎么办?"

"你打个电话问问酒店里有没有退烧药、止疼片之类的。"竹桑烧得浑身疼痛,老贺穿鞋在屋里来回转悠,让她更加头痛欲裂。她知道,越是关键时刻,就越指望不上他。

"对对。"老贺突然反应过来,赶紧出门去找药。竹桑将一只胳膊伸到床头柜上,摸索着手机。离安葬仪式开始还有一个小时,必须要振作起来。她先活动了一下脖子,两只胳膊肘撑着床,让自己起了身。天旋地转的,身上像是压了一块巨大的石头。她拖着两条沉沉的腿移步到了洗手间,洗了两把脸,算是精神了一些。无论如何,今天的事情一定不能耽误。她心中像是一下有了信仰,浑身充满了力量。这让她不自觉想起来曾经一个来自荷兰的朋友告诉她,身体内的一切感知都是幻觉,例如饥饿、寒冷、疼痛……这种疯话现在想来可能也是对的。她迅速把自己梳洗打扮了一番,穿上前天晚上准备好的暗色系服装,只用了十五分钟。这时候,老贺居然还没回来。让他去找退烧药,真是一个错误的决定。竹桑又看了下时间,离仪式开始只剩下半个多小时了。她心里的怒气正在跃跃欲试,连怎么骂老贺的词都提前准备好了。突然,老贺一溜小跑地回来了:"赶紧把药吃了。"又立马递上了一瓶矿泉水。竹桑拿着这粒比自己指甲还大的药片说:"这干吗的?"

"阿司匹林,吃了就不烧了。这药可好使了,在国内都买不到。"

竹桑半信半疑地一边继续往前走着,一边把药吞了进去。这药片确实大,卡在了她嗓子里半天才下去。

"赶紧的吧,都要迟到了。"竹桑的火顺着这片退烧药,也退了下去,没再说什么。两人加快了脚步,出租车已经在外面等候,也是老贺刚刚在酒店大堂提前安排好的。

　　他们坐在车的后座上,各自想着心事。竹桑已经买好了明天回国的机票,老贺的还没定,他准备借这机会再四处走走,具体去哪也还不知道。明天他们将各奔东西,再次相见就不知道是什么时候了。老贺总想问问竹桑愿不愿意和自己继续踏上旅程,但突然这么问好像也不太合时宜。经过了这些天的相处,竹桑觉得老贺在某种程度上确实有些变化,他的心里能装下别人了,更体贴人也更会照顾人了。她心里也在盘算,如果有缘分,下半生继续搭伙过日子或许也行。可她又想起昨天老贺的那番话,他喜欢自由自在、无拘无束的生活。他们各自看着窗外,想着明天以后的事。

　　按照 Leila 的遗嘱,他们把遗体安葬在了塞伦盖蒂的保护区内,远远地就能看见用白色帆布支起的一个小棚子,周围布满了白色的鲜花。按照当地人的习俗,死去的人是要身上涂满福尔马林在家中安置一年的,因为他们认为,人的躯体虽已消亡,但灵魂依旧存在。但殡葬服务公司的人相当职业,尊重外国人的习俗,在此之前已经将 Leila 的遗体火化，放置在了一个骨灰盒中。他们尊重老贺和竹桑的意愿。老贺双手捧着骨灰盒，女儿小时候的脸又出现了，像是把早晨那尚未播放完的录像带再次启动了。女儿小时候总有些奇思妙想的话，比如把牙膏比作一个胖胖的鲸鱼等等，但令老贺为之震惊的是，女儿小时候曾问过老贺这样一个问题：人死了咱们家的梦之湾小区还在吗？咱们的梦之湾小区能存在那么长时间？它能存在一百年吗？它能存在这么久是因为没有生命吗？老贺记得很清楚，这是女儿五岁的发问。老贺不想把这个问题复杂化，只是觉得这是一个五岁的孩子对生命最开始的理解，并且她已经开始对生命有了思考。但老贺也不明白，为什么出现在记忆中的都是女儿小时候的画面，她成长到青少年时的记忆似乎全部抹去了。

老贺又把女儿肃穆地递交到竹桑手上。生命的意义是超越生命本身的，她的心中不断重复着老贺的这句话。当她接过 Leila 的骨灰盒，将它捧在怀中时，她似乎真切地感受到了这句话的意义。是呀，你所存在的意义早已超出了你有限的生命，而你短暂的生命，于我们而言已经赋予了太多的意义，你的存在即是永恒。牧师的嘴唇微微翕动着，声音微小，近似于嗡嗡声，这是一种他们听不懂的语言。竹桑轻轻抚摸着骨灰盒，又将它转交给了牧师，他将骨灰盒埋葬了下去。

女儿的事情也已处理妥当。在历经了昨日的死里逃生和今天的安葬后，终于要告别此地了。两件事情的剧烈撞击，像是负负得正，使他们的心境重新回到了"零点"。而这个"零点"像是宗教，让他们得以超脱。两人决定，临行前到那个竹桑认为还不错的酒店二楼的法国餐厅共进晚餐。这家餐厅不同于一楼大堂，装修奢华，连座椅都是用动物皮毛制成，菜品也精致可口，餐具和摆盘极为讲究，当然价格也相当不菲。

两人都经过了一番打扮，竹桑很久没这么认真地看过老贺了，她感到眼前的这个男人忽然有点陌生。一想到这是他们的最后一次晚餐，她突然有点依依不舍。竹桑开始浮想联翩，如果此刻与老贺还是陌生人的话，自己应该也会爱上这个男人。老贺丝丝的白发嵌入黑发中，像是融在一摊墨水里。而竹桑两鬓也是略显斑驳的白发，染发剂也不能掩盖住时间在她身上留下的印迹。

曾经，他们还在婚内感情依旧稳固时，曾多次幻想过彼此老去时的样子，也幻想过他们会携手到老，可此刻他们都已逐渐见老，也都为彼此的样貌感到出乎意料。他们都比想象中的要英俊和漂亮。他们默默地对坐着，两人都觉得开口说话是略显艰难的事情。他们不知道该从何说起。今天是他们最后的晚餐，明天他们就要各自搭乘飞机，飞往不同的地方。老贺很想挽留竹桑，但这听起来又像是天方夜谭。前菜已经上来了，松露鹅肝和鱼子酱面包分别摆在了他们面前。

"味道怎么样？"老贺终于开了口。

"还行吧，现在突然又特别想喝炖鸡汤和潮汕粥了。"他俩都笑了笑。

"鸡汤我拿手，回头还能给你做。"竹桑体会出了这其中的意味，心里明亮了一下。

之后，老贺点的罗西尼牛排，竹桑点了一份香煎鸭胸肉。与此同时，一盘焗蜗牛也端了上来。老贺见竹桑没拒绝自己，心里一阵的美滋滋。两人各自切着盘中的食物，老贺将一块肉放到了嘴里，一边称赞一边说这个他也很拿手，这些年学了不少西餐做法，回头都能给她做。说完，老贺面部开始抽搐，又顿了顿，突然打了一个喷嚏，嘴里的一小块没嚼完的肉喷到了竹桑的盘子里，竹桑吓了一哆嗦，默默地用纸巾把盘子中这个恶心的东西擦掉，心里犯了好一阵的膈应。老贺又被自己的口水呛到了，脸憋得通红，一个劲地咳嗽。两旁的客人纷纷投来目光，竹桑坐立难安，难为情地向两侧的人点头致歉。又过了好一阵，老贺终于平静了下来，老贺说："这年纪大了，嗓子眼儿也变细了。"竹桑脸色大变，说："不要再吃了，丢死个人。"

"还有这么多东西没吃完，太浪费了。打个喷嚏怎么了？谁没打过喷嚏？"老贺觉得竹桑那个不可理喻的劲又上来了。刚刚那美好的瞬间，一下被这个喷嚏给遏制住了。老贺有点激动，嗓门提高了些，再次打破了餐厅中原本优雅安静的场面。

"你小点声吧！"竹桑咬着后槽牙说，为了不再使场面继续恶化，竹桑压制住了情绪，面无表情地呆坐着，看着一个劲继续咀嚼的老贺。老贺也没了胃口，随便吃了几口就说要回房间去了。竹桑心里无比沮丧，但又有点庆幸——这么多年过去了，老贺真的一点都没变，他还是原来的那个他。还好一切都来得及。老贺恰恰也是这么想的，那些美好的幻觉都是自己想象出来的，他人即地狱，一点都没错！

晚饭后，夜色将至，两人安静地回到了房间，竹桑和老贺各自收拾着行李。广袤狂野的平原已被黑夜覆盖，躲在丛林中的动物得以安睡，跃跃欲试的猎人们也在这寂静的黑夜中期待明日的来临。而他们，也在各自的梦境中等待着天明。

# 终极范特西

## 一

晚上七点五十分,博奇架好两部手机。一部在脸的正前方,另一部架在电脑桌子上以方便和粉丝们互动。两部手机的美颜模式都已开到最大化,美颜灯也在面部前四十五度角的位置调试妥当,一切都已准备就绪,离开播还有三分钟,她双手从后面向前捋了一下粉色假发。八点,直播准时开始,粉丝们已经开始在评论区内疯狂刷屏。屏幕上一下出现了张可爱的二次元系的粉色头发大眼美少女。面对这张脸,她既熟悉又陌生。此刻的美少女,她的名字叫 Leila。

"hello，宝宝们，晚上好。"

评论区留言：好喜欢 Leila 的新发色。Leila 的新造型太可爱了。

"真的吗，你们喜欢就太好了。这是我新染的头发，还有点不太适应。"Leila 在视频里左右调试自己的脸部位置，自如地与粉丝们互动着。她一边摆弄着头发，一边又摆弄一下旁边的音响。在评论区内刷屏的粉丝，有一半 Leila 都记得，他们是她的铁杆粉丝。LeiLa 又说，"你们知道我今天是谁吗？"

中野三玖、喜多……网友们纷纷打着名字，猜测着这粉色头发的二次元日漫人物究竟是谁。

Leila 很开心，这是她最近一直在追的一部日漫。Leila 说："没错，是喜多！我要给第一位猜出来的宝宝送上今天的第一首歌。你想听什么歌呢？"之后那位网友却再也没有说过话，看来是换了频道。粉丝们继续纷纷刷屏，说着自己想要听的歌。这时，突然有人留言说："Leila 今天可以给我们跳一支舞吗？不要总是唱歌了。"于是网友们纷纷开始起哄："是呀，从来没有见过 Leila 站起来过。""该不会是个瘸子吧？"看到"瘸子"

两个字，Leila的脸顿时感到一阵刺痛，鼻尖微微冒起了混着粉底液的汗珠。这位率先起哄的网友，Leila从没见过，看来今天是有人专门来砸场子的。这时，后台经纪人第一时间发来了一条带有命令口吻的信息：赶紧唱一首歌缓和气氛！

正当Leila情绪即将失控时，有一个叫K的网友突然跳了出来，说："可以唱一首《范特西》吗?"K是谁?《范特西》是Leila最喜欢的歌，也是最擅长的歌。有一次，她记得在直播间说过，她喜欢里面的歌词：

范特西　今夜启程
与凛冽的冬日相持
我手中有一座岛屿
金色岛屿　洒满余晖
我朝着岛屿方向
一直游
范特西是金色的
是我对未来的终极幻想

这首歌的发行时间是 2000 年，世纪之交，那时的她对新世纪还有许多期许。二十多年过去，那些期许都被时间一点点碾轧得稀碎，碎到已经连她自己都不记得了。只有这首歌，偶尔还牵连着一些她过去那些残破的梦，比如再学两种乐器，比如当一个唱作人，比如周游世界。

Leila 立即顺势回应道："《范特西》，好，今天就唱这一首。"

"谁要听这歌！而且是这么老的歌。"留言的人还是那带头起哄的。

网友们起初的相互争吵瞬间演变成了疯狂的辱骂，眼前的局面让 Leila 的情绪终于失控了。也许是因为这首《范特西》让她想起了曾经的自己，使得眼下这一头粉色假发的面孔变得既陌生又恐怖。她不计后果地退出了直播间，关上音响，拔掉所有电源。狭小的房间里一片寂静，只剩下白炽灯和耳鸣交织在一起的白噪音。没错，只要断电，一切皆为虚妄。她一把拽下了粉色假发，扔在旁边已经堆得满满的脏衣筐里。

她闭上眼睛，向后仰倒在椅子上，双手用力按压着耳朵。耳鸣是她一贯的毛病，长时间佩戴耳机，再加上神经衰弱而导致的失眠，使她无法摆脱这种低频的噪音。她又搓了搓脸，回头望了一下窗外的风景。窗外没什么风景，无非是高耸的楼群和点点路灯。狭小的房间里被她布置得琳琅满目，墙上挂着一幅两千块的红发喜多拼图和一些画着喜多的小幅油画。她的床是用两张床垫拼凑起来的，被子上印的是喜多的巨型卡通形象。床尾上方的墙上，挂了一幅颇有欧洲文艺复兴时期味道的古典风景油画，那是一条静静流淌的河，河面倒映着两岸郁郁葱葱的植物，一幅静谧而祥和的景象。床旁边就是她的电脑桌，以及高低不一的架子，这些架子是用来架手机、话筒和灯光设备的。直播设备占据了大半个房间，从床走到门口需要侧身绕过它们。整个房间，只有一巴掌大小的镜子，甚至无法照全一整张脸。她讨厌镜子，讨厌镜子里的自己。只有视频里的她，才是真实的她。

　　手机在桌子上振动了一下，又是经纪人发来的信息。大概意思是这次直播需要扣一万块钱，因为违反了公司规定，引发了评论区内的争吵。

"一万？公司疯了吧。"Leila 把手机扣在桌子上，没有回复，心烦意乱地把自己挪到了床上。按习惯，每次直播结束她都会看看后台的私信情况，翻翻网友们对她的评价。她很在意粉丝们的评价，但今天她什么也不想看，像是掉进了《范特西》的时光旋涡里，越陷越深。中关村步行街上的盗版磁带店，那家美国加州牛肉拉面的快餐店，没有一件产品是韩国制造的韩国城，文具店里循环播放着的《流星花园》主题曲，当然还有《范特西》。放学后，中关村步行街就是他们的据点，骑着车疯狂地往牛肉面快餐店里飞奔，要占四张桌子，他们十来个人要坐一起。Leila 那时候不叫 Leila，叫博奇。她喜欢画画，还和当时要好的一个男同学约定，以后一起去法国留学学艺术。那时候，巴黎就是他们的最终幻想，最终范特西。这一年他们初三，她还是有着一双美腿的阳光女孩。后来，博奇考上了美院附中，但那位男同学直接去了巴黎，慢慢地他们就断了联系。博奇上了美院附中后，发现自己其实没那么喜欢画画，老师说她天赋也有限。她在陷入了好一阵的郁闷后，觉得学个吉他，以后能当民谣歌手应该也不错。

总之，一首《范特西》让她回忆起了很多曾经的事。她转念又一想，那个网名叫 K 的人，或许应该和自己年龄相仿，或许他就是那位男同学也说不定。不知不觉，她昏昏沉沉地睡着了，她梦见了那个初中男同学，在梦里他叫 K，他一直背对着自己，冲着一面墙在画画。

Leila 醒来时已经是第二天早上了，脑子里还在延续梦中的情节，有点分不清时间和地点。她摸着手机，后台成千的私信充斥着语言的暴力。有人说她是癞子，有人说她其实是个中年妇女，说什么的都有，但在众多私信中，她突然发现了 K。

K：你还好吗？

此刻的 Leila 不太好。她随手点开了 K 的主页，是一个喜欢旅行和健身的男人，长年处于在外漂泊的状态。第一张照片是他和一辆房车、远山的合影，房车旁边是一条清澈的河流，还有一套户外桌椅。照片备注是：终于有时间把这些年的照片整理一下了。但令 Leila

有些不解的是，这些照片为什么都是在同一天发布的。当然，这只是她的一个闪念。他没有一张脸部特写照片，只有几张轮廓模糊的侧脸照。但能隐约看出来，他是一个瘦脸、鼻子高高的男人。Leila 对他没什么幻想，只是有点好奇 K 的真实身份。

Leila 想了想还是给他回了信：没事，都是正常现象。

今天雾霾，外面看不出是阴天还是晴天。她萎靡地躺在床上不想起来，闭上眼，天旋地转。她感觉身体轻飘飘的，不是自己的。

二

闷热的夜晚，张存良躺在宝哥上铺来回翻身睡不着。宝哥踹了一下铁梯子说："烦死了，睡不着就滚出去。"张存良一下消停了，又在没完没了地吸鼻子。宝哥用脚又敲了敲他的床板："喂，没事吧你？"张存良没吭声，把脸藏进了被子里，鼻涕和眼泪全部蹭在了上面。三天前，后脑勺挨的那一棒子还隐隐作痛，恶心和眩晕感偶有发作,他一度怀疑自己得了脑震荡。他甚至有点记不起来自己是怎么来到这儿的,只是一睁开眼睛,就躺在了一个办公室的沙发上。在几次的威逼利诱、拳打脚踢之后,他不再挣扎了,准确地说,他是被强制关押在了这里。

宿舍其他"狗友"都已睡着,阿水的呼噜声最响,他来这里已经六年了,并且业绩不错,老板很欣赏他,听说马上就要升级为合伙人,也就是说马上就能获得自由了。张存良在这三天里,仍在反复合计着逃跑计划。但重要的是,他始终没能看全这里地形的全貌,更不知道自己身处何处。以他现有所知的猜测——这是一间废弃的厂房,防备森严堪比监狱。按照宝哥的说法,想要离开这里有两个方法:一个是再抓个人来作"交替",另一个就是升级为合伙人。宝哥说等待警方救援的可能性很小,几乎为零,但也不是完全没可能;最有希望、可操作性最强的就是再骗一个人过来作"交替"。张存良不知道去哪里还能再骗一个人过来,也不知道怎么才能提高业务水平,这比等待警方来救援的希望还要渺茫。唯一的希望就是逃,但逃是要付出生命代价的,很大概率会被站岗的守卫当场击毙。宝哥也曾警告过他，想逃出去，那就是在自寻死路，没有人能成功地逃出去，被抓回来的人不是被打死，就是被折磨得自杀了。但张存良不信，无论如何，他都决定要拼死一搏，他首要的任务就是要确定自己的位置。从阿水的呼噜声能听出来，他睡得很踏实，不像别的"狗友"那样，有的失眠得辗转反侧，有的安静地平躺在床上瞪着天花板，也有像宝哥那种即便能很快入睡也要夜里醒几回上厕所。寝室里只有阿水一个人在打呼噜，睡得很沉。

张存良静静地平躺着，见宝哥的喘气声逐渐平稳，他小心地起了身，慢慢爬下梯子，和寝室的守卫说了一声："去厕所。"守卫又低声说："不要打歪心思。"两人像是对了一句暗号后，张存良穿过长长的走廊去了洗手间。这条通往洗手间的走廊能让他得到短暂的自由，这条走廊狭窄，没有守卫。走廊外就是郁郁葱葱的棕榈树、椰子树、霸王棕。夜里，它们变成了一片黑漆漆的剪影。

宝哥说他也不知道这是哪里，只是曾在走廊上随手给张存良指了一下，那边过去就是湄公河。张存良站在走廊上，手扶着栏杆眺望着远方，想象着那不知方向的湄公河，想象着它汹涌澎湃地汇入大海的那一瞬间。他双手紧握了一下栏杆，栏杆的粗细程度正好与手掌的最大握力吻合。他一边搓握着栏杆，一边将目光收回，向下望了望：如果跳下去之后，能幸运地摔在灌木丛里没有摔伤，那就可以使劲地跑，跑过这一片空旷的院子，跑到那堵围墙前，如果没有被岗楼的守卫发现，就可以爬出去了。那么，那墙边上还得准备一个梯子……张存良越想越绝望，除非能有一个不惜生命代价的人愿意帮他，一个人不够，可能要两个。他叹了口气，不敢在此停留过久，速速回到了寝室。守卫一下拉住了他。

"你去哪里了？"

"洗手间。"

"洗手间？需要这么久吗？"守卫瞪着他，一下用力将他的手抓起来，闻了一下，发现有栏杆的铁锈味，"再让我发现，我就送你去'狗头'那里。"

黑暗中，守卫的眼睛闪闪发亮，从这双眼睛里，张存良看到了无尽的深渊和死亡。

他回到床上，又闻了闻自己的手，他什么也闻不到。守卫是什么意思？他怎么知道我没有上厕所，他怎么知道我那一丝的想法？他怎么什么都知道。

宝哥睡觉轻，有点动静就会醒。张存良回到床上时，宝哥已经醒了，刚才守卫对张存良讲的话，他听得一清二楚，觉得上铺这孩子太傻了。

正当张存良颇感睡意时，一声惨叫从门外传来，那声音听上去很遥远，却很清晰，像是穿越了很多墙壁才传达过来。那是一个男人的声音，不知他是犯了什么错。男人又叫了一声，这叫声一定是从地狱里发出的。男人停止了哀号，余音还在空气中、墙壁间来回游荡。接下来，夜晚再次恢复了寂静。张存良紧紧闭上眼睛，裹着被子，身体突然一阵痉挛。这是他小时候坐下的毛病，每当紧张身体就会痉挛，像浑身绑满了绷带，使他一动也不能动。

张存良一夜没怎么睡着，昨天夜里守卫对他的警告以及那男人的吼叫，像是给他宣判了死刑。他的眼眶周围一圈黑，拖着疲惫的身躯走到了洗漱间，从洗漱间又走到了食堂，之后坐到了工位上。宝哥的工位在他旁边，是"狗头"安排的，负责当他的师傅，教他所有关于业务上的事。张存良抻着脖子,对着亮得刺眼的屏幕发着呆。

"喂!"宝哥递给他一部手机,说,"这个手机是用来聊天的,所有内容都会被监控。"说完,又递给他一袋槟榔,张存良是东北人,以前没见过这玩意儿:"这啥呀?"

"这都不知道?提神用的。"宝哥左边腮帮子鼓起了一个大包,牙齿上红了一片,看着挺吓人。宝哥勾搭的对象上线了,手指在键盘上飞舞着,脸上却一点表情也没有。

"这是你的'猪仔'?"张存良歪着脖子看着宝哥的屏幕问他。

"对,养得已经差不多了。"

"长得还挺好看的,御姐型。"

"好看有什么用,有钱才是真的。"

"那她有钱吗?"

"目前看应该还行。"

"你咋知道的?"

"之前给我转过几万块钱。"

"这么多!"

"这算什么。"

宝哥手指头突然停住了,用一张"血淋淋"的大嘴对张存良说:"像咱们这种不懂电脑又没有什么特殊技能的人,每天和姑娘们聊聊就好,聊进去你就会发现,聊天有的时候很有意思,比那些金融组的程序员要幸福得多。"张存良半信半疑,宝哥说的没准是真的,但他现在真的没什么心情和姑娘"认真"聊天,昨夜那在走廊中回旋游荡的声音仍在他的心里不断盘旋,他终于忍不住问:

"宝哥,昨晚你听到有人惨叫吗?"

宝哥嚼着槟榔,装出一副满不在乎的表情说:"好好干,不要总想跟你没关系的事。"宝哥又说:"第一天给你的手册有没有仔细看?"

张存良摇摇头。

"你要仔细看。"说着,宝哥从工位里拿出了一本已经被翻得卷边的手册,"手册就是秘籍,里面会告诉你,怎么样开始聊天的第一句话。对了,咱们每天是有业绩要求的,要聊到一百句话,七天后就要开始'开单'。

否则下一个惨叫的人就是你。"

张存良似懂非懂，接过这本快被翻烂了的"秘籍"。里面有着详细的分析讲解，例如御女攻略、白领攻略、白富美攻略等等。当张存良看到"傻白甜"攻略时，觉得这简直既荒唐又可笑。宝哥却一脸严肃、语重心长地告诉他："好好学，你也行。你打开和'猪仔'的聊天记录，我看看。"

张存良有点不好意思，对于勾搭女孩这件事他一点经验也没有，别说主动勾搭，平时连多看一眼的勇气都没有。张存良慢吞吞地打开了对话框，准备给宝哥看时，又用双手遮挡："你还是别看了。"宝哥用力一推，之后笑得前仰后合。

"你说你是不是傻，上来就管人家叫'小姐姐'。这种搭讪早就过时了，鬼才愿意搭理你。"

"我看人家也和我聊了几句。"张存良越说越没底气。

"你再看看你的账号里，什么都没有，一看就是骗子，而且还是手段很低劣的那一种骗子。"

宝哥在手机上点开了一个自己的社交媒体账号，里面的男人阳光健美,热爱运动,是一个有爱心的大男孩。宝哥沾沾自喜道:"瞧见没,这个男人就是我。"张存良又看了眼宝哥,一双夹脚拖鞋,手脚指甲都很长,再配上黑色跨栏背心和彩色短裤,地道一个油腻中年男人,关键是还满嘴通红,一张血盆大口。张存良心里不禁一惊。

"这些照片的主人他知道吗?"

宝哥拍了一下张存良的脑瓜子:"别问这么缺心眼的问题。人设很重要,你要先在媒体账号上建立你的人设,而且几个大平台都要这么做,要统一。所以第一件事,你要找到一个目标,把他的照片挪过来。对了,一定不能找网红,太容易被识破了。你把自己想象成他,如果你是一个那样性格和有那样身份的人,你会怎么说话,你怎么和女孩子聊天?他就是你,你就是他,你睡觉、吃饭都要把自己想象成那个人的样子。所以,不要照镜子。对了,你还要起一个网名。"

张存良在手机上翻了翻,终于发现了一个目标,这个男人看不出他的具体职业,或许也没什么正经职业,发布的照片有的是在家里抱着把吉他,有的是开着房车四处旅游,也有的是在健身房健身。他是什么职业并不重要,重要的是他长得还不错,甚至和张存良居然还有几分相似,开着房车旅行,这是张存良大学毕业那一年最想干的事。他给宝哥看了眼男人的照片后,宝哥也认为不错,觉得和张存良有点神似。

宝哥说:"以后你就是他了,像他这么酷的男人,应该配一个酷点的网名,就叫K怎么样?我以前看过一部侦探小说,里面的凶手就叫K,感觉特别酷。"

张存良觉得挺好,说:"行,以后我就叫K了。"

宝哥对张存良的态度很满意,张存良拿起了桌子上那包槟榔,取出一颗放到了嘴里,学着宝哥的样使劲嚼着。张存良觉得槟榔味道也挺好,有股清香味,但吞咽几下后,他的心脏就开始"咚咚"地猛烈跳动。这是他第一次吃槟榔,他双手捂着心脏,感觉快要死了。宝哥说,慢慢习惯就好了,它就是用来提神的,没什么别的东西,放心。张存良发现,想要迅速上手,看来首先要学会的就是吃槟榔。大约二十分钟后,张存良的心脏终于慢慢恢复了正常,脑子里像是有盏上千瓦的灯泡在发光。他打开网页,以K的身份重新"营业"。

宝哥突然转过身来又说:"只要你认真干活,那钱是赚不完的。不要总想着逃跑,你根本就逃不出去。昨天夜里的惨叫,我猜那人八成就是潜逃未遂。就算你幸运,逃出去了,那之后呢?你能干吗?一年挣的钱都不如这里的一天。"说完,他又拍了拍桌子上的手册:"我看你是聪明人,才告诉你这些的。好好学,我看好你。"

说完,宝哥又开始飞快地打字,目不转睛地盯着电脑。张存良又扫视了一圈工友们,脑海里不断出现昨晚的那声惨叫。宝哥说的或许是对的,一百句的聊天记录,他必须要完成它。他又思考了一下,决定将目标对象锁定在网红群体,在他有限的认知里,网红赚钱快,她们的钱,说白了也是从网友那里骗来的钱,大家互相骗一骗,也不会有什么心理负担。他打开了最近流量最高的一个直播软件,开始搜索目标"猪仔"。张存良翻看着女孩们直播,寻找目标。与其说是在寻找"猪仔",他更觉得自己是在狩猎。他在暗中观察,要仔细嗅出她们的味道,嗅出她们之间哪一个才是他真正的猎物,不知不觉中,他突然感到了一丝成为猎人的快感。

他觉得直播带货的女生说话思路清晰、反应快,估计不好下手；直播旅游的大多也是穷游，骗也骗不到多少钱，还有直播弹钢琴和吃饭的，他都觉得意思不大。后来，直到晚上，他终于翻到一个粉色头发的女孩，女孩的样貌让人猜不出年龄，是一张永远都让你记不住的脸。十分钟过去了，女孩除了说些无关紧要的话之外，一首歌也没唱。但不知为什么，K就是喜欢看她。

三

　　Leila的朋友们，准确说是她曾经的那些朋友们当得知她被经纪公司签约后，都纷纷表示祝贺，说当网红挺好，轻松自由。可Leila自己知道，那神经高度紧绷的三个小时，是会把人掏空的。随着Leila的网红事业越来越红火，她的身价越来越高，身边的朋友也都莫名地自动消失了。可Leila并不在意，谁跟钱过不去？最关键的是，她喜欢网上的虚拟人设和虚拟世界，尤其是朋友。虚拟朋友最好，省事，不用见面；喜欢谁就聊着，聊烦了直接拉黑。现实世界是另一回事，就复杂多了，曾经一起长大的那些朋友不也都各散天涯了，况且谁愿意和一个像自己一样有残缺的人交朋友呢？

　　Leila今年三十五岁，至于男朋友，那种活生生的男朋友，有肉身的男朋友，她曾经想过，在她还是一个能活蹦乱跳、四处游走的阳光美少女时。但现在，她彻底放弃了，没人能看得上她，想想此刻的肉身，连她自己都觉得恶心，就更别提男人了。但虚拟世界不一样，这里的世界是属于她的，她是女神，她是粉丝们的终极幻想，有太多为了能和Leila说上一句话给她疯狂刷礼物的人。

　　Leila躺在床上，翻看K的照片，那些云雾缭绕的雪山冰川、广袤平原上奔跑的动物和郁郁葱葱神秘的雨林，那些地方都是Leila曾经幻想过的地方。她想去很多地方，甚至环游世界。可现在，她寸步难行。最艰难和最绝望的日子她是怎么熬过来的，连她自己都觉得十分恍惚，母亲日夜的陪伴和心理咨询师的耐心疏导都无济于事。只有接通电源，打开电脑，进入那个迷离玄幻的虚拟世界，才能找到一点点慰藉，在那里有着像灯塔一般的指引，指引着她往更明亮的地方去。

事故是发生在一年前的冬天,她去参加哈尔滨的网红大会,在大会上她认识了一个同是北京的女孩——豹豹。这是她们第一次来哈尔滨,并且俩人一见如故。她们相约大会结束后,一起去看冰灯,顺便还能做一场直播秀。第二天晚上,俩人一进到冰灯博览会中,就眼花缭乱了,纷纷拿出手机,准备工作。Leila买了一根一米长的糖葫芦,小心翼翼地在手里举着,对着手机跟粉丝们说,她终于买到了传说中的一米糖葫芦,但它实在是太长了,胳膊怎么举着都吃不到第一颗山楂。看到她那搞笑的样子,网友们纷纷给她点赞。她和豹豹一边走,一边振振有词地对着手机挤眉弄眼。而放眼望去,整个博览会里到处都是这样的人。一个小时后,由于气温太低,手机很快就没电了,而她们也已经无心再直播,关了手机准备尽情地玩。她们去了一座巨型冰屋,冰屋外面连接着一个冰滑梯,排队的人很多,都冻得瑟瑟发抖。她们决定不惜排多久的队,都要玩一圈。轮到她们的时候,Leila想和豹豹一起滑下来,管理人员也同意了,但在滑梯上,豹豹一个趔趄扑倒在了Leila的身上,Leila顺着滑梯翻滚而下,豹豹压在Leila的腿上,她们一直滑到了地面上，Leila惊叫着自己不能动了，豹豹倒是没什么事。管理人员赶紧叫来医护人员直接把Leila拉到了急救室。急救室里还躺着几个人，有头上包着纱布的，也有摔伤的，看来发生意外的大有人在。Leila的膝盖疼痛难忍，医护人员看了一下，初步判断是骨折了。

结果不出意料，左小腿胫骨骨折加上膝盖骨折，而医生在检查Leila身体状况时发现她因严重缺钙和营养不良，导致骨质疏松。当Leila的母亲询问医生她是否能恢复正常时，医生犹豫了，说："幸运的话不耽误走路。"母亲当场晕倒在父亲的身边。豹豹也是眼前一黑。父亲一下抱住母亲，大声叫了她几次，父亲把母亲搀扶到另一张病床上，小跑着去呼叫护士。父亲和母亲已经很久没有这么亲近了。Leila躺在病床上，下半身已经失去了知觉，脑袋也还有些发木，那是麻醉剂还没有完全消散的缘故。她异常平静，医生刚刚宣布的结果，她像是什么都没听见一样，看着晕头转向的父亲，另一张床上平躺着的母亲，和马上要开始哭泣的豹豹，她觉得像是在看一场滑稽的默剧。

当 Leila 反应过来时，是当天的夜里。今后的日子像是浮萍，晃晃荡荡、轻飘飘的。她想象着很多画面，坐在轮椅上的、一瘸一拐的、孤独终老慢慢凋零地死去，但唯独没有想象过她将会戴着一顶粉色假发，以一张自己认不出的面孔给粉丝、网友们唱歌，这副面孔可以是任何一个她，但绝不是此刻的这个她。

在之后的两个星期中，豹豹一直在医院陪护着 Leila。她心存愧疚，觉得这辈子都无法补偿 Leila。父亲和母亲早就被 Leila 劝回家了，只是偶尔他们才一起过来给她送一些营养品和衣物。Leila 隐约感觉到，父母的关系好像因为这次的事故变得亲密了一些。

如果不是豹豹的陪伴，具体点说，如果不是豹豹怂恿她继续搞直播，Leila 恐怕已经从这个世界上消失了……不管当时在冰滑梯上是谁的过错，她已经释怀了。

浏览完 K 的所有照片后，Leila 又点开了网友们的站内留言，她逐一浏览，期待着有 K 的信息，果然 K 的名字真的出现了。

"《范特西》是我最喜欢的歌,真希望可以听你唱一遍。"

四

他们把这里叫作"科技园区",园区内有餐厅、服装店和便利店,如果每天完成应有的业绩,"员工"是可以在规定的时间内下来自由活动的。园区很大,大得像一座城,有数不尽的写字楼。这里的人不知道园区的大门在哪儿,也无从知道自己身处何方。高墙上布满高压铁丝网,防止"员工"逃离。"员工们"也会三三两两到外面吃饭喝酒逛街,流行乐和霓虹灯把这里勾勒出一副其乐融融的假象。当然,以 K 目前的业绩还没有体会到这样的场景。

晚上八点,宝哥问他今天业绩怎么样?K 摇摇头说,还没达标,但他有信心今晚会完成。宝哥拍了拍他的肩,回了宿舍。楼层内,还能隐约听见键盘飞速击打的声音,看来有些人还在为业绩工作。

K 打开直播软件,准时等候着 Leila 的出现。今晚的

Leila 显得朴素一些，穿了一件黑色 T 恤，头发也是黑色的。她在镜头前调试了一下位置，打开了麦。K 的思绪荡漾着，他真的很想听她唱那首歌，他也不知道自己在期待什么。

"宝宝们，昨天真的很抱歉，我不应该情绪失控突然离开直播间。对不起，让你们失望了。"

K 看到评论区的留言开始刷屏，粉丝们都很支持她，纷纷责备昨天故意捣乱的那些人。

"今天的第一首歌是《心愿》。"Leila 说罢，便拿起吉他唱了起来。K 有点失落，为什么不是唱《范特西》？她明明回复了我的信息。她的嗓音真好听，清澈，像山间的小溪，很甘甜，像晨间的露水。K 闭上眼睛，这天籁般的声音把他带回了遥远的故乡。那是一个有青山和碧水的地方，有蓝天、有白鹭，也有自由。歌曲结束，K 擦了擦眼睛，屏幕有点模糊了，他已经迫不及待地要听下一首了。评论区内很多人在点歌，Leila 和粉丝们互动着，自说自话。她说今天自己哪里也没去，中午把昨天剩下的麻辣香锅和米饭炒了一下，居然比昨天还好吃。说着，她自己笑了一下。K 细细地看着她，观察她，她绝对不是K会喜欢的类型，她的五官每个都很漂亮，只是组合在这张脸上，就觉得哪里不太对劲。总之，就是不难看，也找不到她脸的特点，一闭眼睛就会立刻忘记她的样子，她的脸仿佛就是一个符号、一个象征，而不是一个人。任何人都可以是她，她也可以是任何人。唯独嗓音，是那么特别。

"我看到很多宝宝想听《梦》，但这首歌我从没唱过。"她抱着吉他，试弹了几个和弦，又说，"哪位宝宝可以帮我找一下歌词呢？"之后歌词出现在了屏幕左下角。她的眼睛很大，向下看时睫毛会遮住半只眼睛，显得很可爱，又有点傻。K盯着她，想：能行吗，这姑娘？

Leila说话的声音很普通，可以说是和她的脸一样，寡淡得像清水煮白菜。但闭上眼睛听她唱歌，她的样貌似乎就能清晰地浮现在眼前。每次唱歌结束，她都会说一些和唱歌无关，也基本和留言无关的话题，她说自己很会做饭，喜欢吃茄子配米饭，不喜欢面条。她最讨厌鱼，做完鱼整个房间都是腥乎乎的味道。

"我也是呀！最讨厌鱼。"K想着，母亲每次做完鱼，不管怎么清洗厨房都是腥的，手上、衣服上、头发上，哪哪儿都是。

"好了，今天最后一首歌是《范特西》，送给一位……朋友。"

晚上接近十点，神经高度紧绷的一天让 K 有点恍惚。当他听见《范特西》的时候，眼睛一下亮了起来，嘴角不由得向上扬起。

今夜启程　与凛冽的冬日相持
我的后腰口袋有一座岛屿
金色岛屿　洒满余晖
这到底是真是假
那是我对你的范特西
对你的终极幻想

K 戴着耳机，双手交叉抱在头上，上半身靠在椅子上。他随着旋律哼着调，他总觉得这首歌的歌名应该是另外一个。这首歌很熟悉，熟悉到他可以一起跟着唱。

"晚安了，宝宝们。"Leila 的脸从屏幕上消失了。K

还在沉醉于这首歌的余音时,突然想到了今天的业绩。他立刻给 Leila 发去了私信:今天的歌真好听,是我上中学时最喜欢的歌。

他终于对 Leila 撒了第一个谎,又说:我可以加你的微信吗?

没想到 Leila 真的回复了信息,信息上是一串数字和字母的号码。

K 像是刚刚击毙一头猛兽般,肾上腺素迅速飙升,他的脸颊微微泛起了潮红,心脏的跳动让他手指发抖,在等待 Leila 通过他的好友验证时,他的眼睛目不转睛地盯着屏幕,像是要钻进手机一般。

"加了!"K 几乎叫了出来,第一句话该和她说什么呢?他慌张地翻出了"秘籍"手册,找到"打招呼"那一篇章,他后悔自己为什么没有提前做好准备。他迅速浏览了一遍后,不是土味情话,就是假装加错好友,要么就是连他都不想回应的开场白。他扔回了宝哥的桌上,想着,就靠这些"秘籍",能被钓上来的"猪仔"也真够没脑子的。正在他犹豫的时候,Leila 突然给他发了信息:你也是上初中的时候听到这首歌的吗?

K想都没想，回答：是呀，每次听都能把我带回从前。

L：你是在哪里上的初中？

K：我在北京上的，你呢？

L：你在哪个区？

K：我在海淀，你呢？

L：这么巧，我也是！

K心中一惊，没想到这开场来得如此顺利，也不得不佩服宝哥的业务水平。幸亏他在这之前把Leila所有的背景都调查得一清二楚。

K抱着手机，回到了宿舍，他忽然领会到了宝哥的话：和女孩子们聊天真挺有趣的。他不知道和Leila聊了多少，但早已远远达成了今天的业绩。

五

Leila在这种虚幻的甜蜜中赤裸地旋转着、眩晕着，她喜欢这份甜蜜的虚无，像某种变形，像癌细胞般滋生蔓延，让她毫无防备地深陷其中。她要把这一切分享给她最好的朋友，豹豹。此时的豹豹已经不再做博主，她一口气将全部账号注销了，彻底从网络上消失了。她的消失没有引起任何人注意，就像被风吹走的一粒尘。豹豹收到 Leila 的信息时，她正带客户在天通苑看房子，一个小时后才给 Leila 回了电话。豹豹从黑漆漆的单元楼走了出来，深深呼出一口气。这个客户马上就要签单了，她催 Leila 长话短说。自从豹豹做了房产经纪，就很少再和 Leila 通电话了，她们听到彼此的声音都有些陌生。Leila 劝豹豹，现在网络仍是大趋势，干得辛苦，就再回来直播。豹豹确实考虑过换一个行业，销售新能源汽车或是自学一个配音、建模，但从没想过要回去。她已经受够了那些看不见也摸不到的世界，她觉得那不是真正的自己。电话即将要挂断的时候，Leila 终于说到了主题——她恋爱了。当 Leila 说出"恋爱"两个字的时候，自己都难以置信，她原来恋爱了。豹豹一惊：

"你们怎么认识的？"

Leila 吞吞吐吐地说："是在我的直播间里。"

"该不会是骗子吧，你要小心哦。"

Leila："怎么会？他也在海淀上学，学校跟我们一街之隔。他们学校的足球队很有名。"

豹豹："他是做什么的？有正经工作吗？"

Leila："当然有，他在一个科技公司里，就是大厂。他还跟我说，他有五险两金，这人真有意思。他是东北人，但小学就到北京读书了。"

豹豹："科技公司？那就是码农呗，码农每天都忙死了，怎么还会有时间刷你的抖音？反正你要多个心眼。"

Leila自顾自说着很多有关K的事情，短短两天，她已经基本掌握了K的所有信息。豹豹说Leila真的应该到外面走一走，等签完这一单，她就会有一笔可观的收入，到时她要带Leila去旅行，去看看外面的世界，看看真正的人。Leila浑然不屑，外面的世界她一点都不感兴趣，甚至她一步都不想离开自己的房间。豹豹临挂电话前说，等自己签完这一单就来找她。

Leila的心被K充盈得满满的，无论是做饭、洗澡、化妆还是整理房间弹吉他，她的心里总是装着这个阳光健硕的男人。K告诉Leila，此刻他在呼伦贝尔草原上自驾，他喜欢独自上路，更自由，更随心所欲。他给她发了很多草原的照片，说这里的牧民很纯朴，空气很清新，草原与天交汇在一起，望不到边际。K还说以后想带她一起去旅行，想和她一起躺在草甸上看云彩。Leila躺在床上闭着眼睛，她似乎可以嗅到那股淡淡的青草味，但她讨厌大自然，更不会躺在草甸上，以及绝对不会与K相见。

傍晚，K又给她传来一个视频，这是他眼前的风景，视频摇摇晃晃，显然他是一边开车一边录下的。Leila让他小心开车，等停下来的时候再拍。第二个视频又传了过来，Leila依然欣喜地迅速打开，眼前是连绵的山丘，他颠簸地在草原上疾驰着，有风和音乐的声音。显然，他已经驶入了一片没有公路的地界。突然间，画面猛烈地摇晃了一下，伴随着"啊！"的一声，视频结束了。Leila立即发信息：你没事吧？K没回她的信息。Leila有点着急了，又说：人呢？你不要吓我呀。K依旧没有动静。Leila拿着电话不知所措，反复看着刚刚的视频，推测他应该是出了什么事，难不成是翻车了吧？她看着K的头像，几次想给他打个语音电话，但还是没有勇气拨过去，他们还只是打字聊天的关系。半个小时过去了，K终于回了信息，果然，K翻车了。他用语音发去了消息，说自己眼睛有点花了，居然没有看清前面的地貌，翻在了一个沟里。这是Leila第一次听见K的声音，虽然在北京上了那么多年的学，但还是隐不去淡淡的东北口音，他的声音很好听，她忍不住又听了一遍。Leila想了下，还是选择了打字回复：你受伤了吗？K继续用语音说：只是胳膊擦破了点皮，腰也扭了一下，其他都还好。我已经呼叫了救援，但不知道他们多久才能到，这个地方放眼望去，一个人也没有。不过，你别担心，办法总是会有的。Leila说：你倒是挺乐观，万一等到晚上都没有人来怎么办？K说：我车里面有露营的帐篷和睡袋，旅途就是这样，会发生各种意想不到的事，往往这些事才能被记住，它们都是最珍贵的记忆。这里很美，你要是在我身边该多好。K拍了一张草原上的晚霞，那热烈的橘粉色是Leila最喜爱的颜色。她把自己从椅子上挪到窗边，拉开纱帘，灰蒙蒙的天空半悬着一个橘色太阳。她想象着此刻的K，想象着那一片晚霞。

　　K又发来了信息，说附近的牧民可以援救，但需要三万块钱的费用。救援大队人手不足,要后天才能赶过来。他手上没有这么多的现金,银行转账也要明天才能到账,他问 Leila 可否微信支付,先借他三万,明天再还给她?Leila 突然犹豫了,她突然想起了豹豹的话:该不会是个骗子吧?Leila 仔细翻看着聊天记录,翻车前一刻的视频和他说的所有话,综合分析应该不是个骗子。正当 Leila 犹豫之际,K 又发来了信息,Leila 突然有点紧张,他说:对不起,是我太唐突了,可一时真的也想不到可以信赖的人。你不用管我了,我再想想别的办法。Leila 想都没想,给 K 一下转了五万块钱,在确定付钱之前,突然有一个防诈信息提醒,Leila 看都没看,输入密码,转了过去。K 答应她,明天一定会原数奉还,他又发来牧民拖车的视频。转账成功后,K 在 Leila 心里的分量又加重了些。金钱上的关系似乎给他们之间镀了一层膜,一种说不清的情绪萦绕在 Leila 心里,她希望 K 今晚可以平安度过,希望牧民可以帮他把车修好,她希望这一切都是真的。然而,豹豹的话总会时不时冒出来,这像是一种冥冥的警告。

晚上八点,Leila 准时坐在手机前,准备直播。她有点心烦意乱,她知道今晚 K 是不会听她唱歌的。

## 六

"我好!我很好!努力会更好!"宝哥、K 以及和他们一组的其他十个"狗友"对着"狗头"喊完口号后,原地解散,坐回到自己的工位上。每天,他们都会分成小组喊口号,口号声震耳欲聋,空旷的办公室很难看得见尽头,回音击打在墙壁上,来来回回地冲进 K 的耳朵里。努力真的会更好吗?

K:"宝哥,我做好这一单,就能放我走吗?"

宝哥四下里看看说:"别做梦了,赚不够两百万,就别想出去。"

K 瞪大了眼睛,一副难以置信的表情,他想,Leila 这个傻姑娘,怎么可能会有这么多钱?

K 又说:"那你说我该怎么办?两百万,打死我,我也完成不了。宝哥,我想走,想出去,我想爸妈,还有我妹妹。"说到家里人的时候,K 突然鼻尖一酸。

宝哥:"赚不到两百万,也没关系,抓一个'交替'

过来，你也能走。"K又糊涂了，问："'交替'？你的意思是让我再骗一个人过来？"

宝哥点点头："脑袋也没有那么笨嘛。"

K欲言又止，宝哥本来正和他的"猪仔"聊得起劲，可见K这副死样子，暂停了聊天。他拍了拍K的腿："难道就你有家人吗？在这里的人谁不想走。但你越想走，你就越走不成，这话你信不信？我不是要吓唬你，我把你当兄弟才说的。在这里，死个人太正常了，完不成业绩的，想要逃跑的，偷着给外面的人发信息被抓的，但你看，警察有来过吗？不要总想着跑，唯一离开这里的方法就是要把业务做好。"宝哥缩着脖子，K竖起耳朵，揪心地听着。宝哥像是在说一个不可告人的惊天秘密一样："实话告诉你，你来的这个地方就是个监狱。有人曾经从十楼跳下去过，摔死的、摔残的、摔成植物人的都有。也有跳下去没什么事的，但都是跑到围栏边就被击毙了。摔死的或是直接击毙的倒好说，直接死了；摔残的下场可就没那么好运气了，活活被关了三个月，其间有被打死的，也有饿死的。'狗头'就是要警告我们不要逃跑，都是徒劳。"

宝哥把身体重新直立在电脑前，他盯着电脑页面上"猪仔"给他的留言无动于衷，他呆坐着，也不再继续嚼槟榔，腮帮子一边鼓出来的大包看上去很滑稽。K看着宝哥，不知道宝哥在想什么，人好像飘到了另一个地方去。自从宝哥说完这番话，他整个人的精神状态都不对了，他没再和K说过一句话，中午饭也没吃，除了面无表情地对着"猪仔"聊天，完成业绩，就没再做任何事情了。宝哥的心中有着无尽的苦闷，那种苦闷对曾经的K来说是那么的遥远，他无法想象宝哥都经历了什么。但此刻，他看着颓废、一言不发的宝哥，似乎又有些明白了。他真的不知道吗？他一定是知道的。

K没有告诉宝哥他已经成功开单了五万块钱，"狗头"对此也没有任何表示，三天只开单了五万，对公司来讲效率太低了。五万块钱是直接转到公司账上，他想钱一到账，就立即把Leila删掉。可Leila的信息不停发来，她对K的担心是发自内心的。K看着"删除"键，看了很久，最终还是没忍心把她删掉。他想，或许她还有值得利用的地方，或许能帮自己逃离此地，她是他唯一的希望，只是需要一个时机。他想要继续和她保持联系，就必须要还给她这五万块钱，或是要编造更多的谎话和故事。K集中精力，像是被催眠一样，思索着如何凑到这五万，没准她真的就是自己唯一的希望，与此同时，K的心里还在盘算着更大的事情。

傍晚时刻，阳光正好透过窗户，打在K的脸上。每天，只有这个时候，他才能感受到阳光。他突然从工位上站起来，走到办公室的守卫面前说，自己有很重要的事情要和"狗头"说。守卫上下打量他："有什么事晚上再说，现在不行。"K又说："真的是很重要的事，现在不说，会影响公司利润。"守卫笑了一下："好，我就看看你在耍什么把戏。"守卫走在他的身后，寸步不离地跟着他。"狗头"办公室在B座，"狗友"们的办公区在A座，他们需要穿过一条长长的走廊，走廊架在两栋楼之间，走过去，以每步迈八十厘米的距离，匀速前进，大概需要三分钟的样子。这是K来到这儿以后，第一次走在这条走廊上。在这三分钟里，K迅速将周围的环境横扫一圈。从这条走廊上，他可以看见在这座园区内，有数不清的高楼，那些高楼都是做什么的？难道也是和这里一样？在左手边，是园区内的商业街，霓虹灯和小餐馆的招牌尚未点亮,看上去还没有营业。路上有守卫拿着长杆枪在巡视,他们三三两两,有说有笑。从这个位置,他看不见园区的大门,也看不见高耸的围墙,只有从宿舍外的走廊才能隐约看到围墙。围墙,那是离外面最近的地方。他在心里再一次打消了从这里跑出去的念头。在走进B座的前一秒,他看见了远方有一片郁郁葱葱的椰子树或是棕榈树。他喜欢椰子树,也喜欢体形巨大的旅人蕉,这些热带植物总能让他心潮澎湃。

这是K第一次见"狗头",他正对着电脑上的一串数字仔细地看,守卫把K带到他的办公室后,就守在了门外。K不知所措,"狗头"也没理会他,他就一直站在那里,用眼睛扫着周围。但这里实在朴素得有点简陋,墙上的风扇不停转动着,来回吹着热风。K不知道此刻是否要咳嗽一下,提醒他。但屋子里很安静,他一定知道这里还站着一个人。K反复斟酌了几次,还是决定站着继续等待。过了很久,K有点站不住了,他擦了擦额头上的汗。这时"狗头"突然把身体转了过来说:

"什么事？"

"狗头"龅腮、高颧骨、吊眼、塌鼻，皮肤很黑，从样貌上辨别应该是南方人。他穿着一件棕黄色的花衬衫，一条肥大的短裤和夹脚拖鞋。K突然不知道从何开口，一时哑住了。

"我……想跟您说一件事。"K的双手背在身后，两只手相互攥成了一个拳头。"狗头"仔细盯着他。

"我昨天开了一个单，五万块。"K的声音越来越小。

"我看到了。然后呢？""狗头"有点不耐烦了。

"我想，这五万块钱能不能立即还给那个女孩。"

"什么？""狗头"以为自己听错了。

"您听我把话说完。我的意思是，我和那个女孩说的是'借'，我答应明天就要还给她钱，我想要赢得她的信任，这样我才能把她骗来作'交替'。"

"五万块钱，她就能信你？是你蠢，还是我蠢？"

"我保证，她一定会来的。"

"如果来不了，我就把你卖掉。"

"如果，我把她骗来作'交替'，你会放了我吗？"

"那要看她能给我带来什么。"

"她是网红,唱歌的网红。她的无脑粉丝很多,我想,让她去骗几个人都不是问题。"

狗头拉起他的一只胳膊,说:"怎么说是'骗'呢?我们不是'骗',他们才是。我们只是把他们'骗'走的拿过来而已。拿过来孝敬我们的家人,这样不好吗?"

K用力点了一下头,"狗头"拍了拍他的后背说:"我答应你,'交替'骗回来,我就让你回家。"

"那这五万块钱……"

"阿水!"狗头叫了一声后,门立刻被推开,原来那守卫也叫阿水。

"你去给他的工作账号转五万,现在就去。""狗头"说话间,一直盯着K,而K一直盯着脚面。

"狗头"又说:"这钱会转入一个公共账号里冻结,你跟她说,一个星期银行才会解冻,到时钱就会入账。"

"这是什么意思?"

"意思就是说,给你一个星期的时间,你要把她弄过来,钱就会划入你的账户,要是她不能来,我就会把你卖掉。"

K不敢抬头看他,也不敢再说一句话。

阿水将K带了出去,K轻轻关上门,又随着阿水从B座穿梭回A座。在过廊桥时,K不再把目光投向热带植被,他眼睛直勾勾地盯着那堵高高的围墙。

回到工位,K瘫坐在椅子上,脸颊火辣辣的,看着屏幕上Leila给他的留言,一时不知怎么回复。刚刚那像是一场死里逃生的挣扎,向"狗头"给出的所有承诺,全是他的想象。他盯着Leila的头像和名字,脑袋发木。"狗头"说的"把你卖掉",是要卖去哪里?无限的恐惧在眼前逐渐蔓延开来,他侧头看了看正在工作的宝哥,宝哥的脸似乎比以往看起来都要温暖,宝哥或许就是他最后的希望。

Leila的信息再次传来:你到底跑去哪里了?为什么这么长时间也不回信息,借我的五万块钱今天可以还吗?

K又翻了翻前面的七条信息,态度从关心到担忧,又变成焦急,现在又来催还钱,果然K还没有得到Leila的全部信任,或许还了这五万,她就会彻底地听从于他,或许她就会来这里找他,或许他就能逃出这里。K

将手指用力甩了甩，放回键盘上：亲爱的，实在抱歉，车子早上修好了就一直在路上，直到这会儿才有信号，我这就把钱转给你。

Leila：你安全了就好，钱不用这么着急给我。你安全到家再还我也不迟。

K不知道该怎么做才能得到一个人的全部信任，只有时间才能将一个人的本性全部展示出来，就像是狩猎，静静地等候，让猎物体会到十足的安全感后，再施以致命一击，彻底将其击毙。或者，他们彼此要共同经历几次大的事件或磨难，但他没有时间，更没有机会与她一起经历什么。到底该怎么做呢？

K被夜幕紧紧包裹着，逃出去的希望飘忽不定。他敲了敲宝哥的床板，宝哥也还没睡着。

"什么事？"宝哥翻了个身，床吱吱扭扭地响动着。

"宝哥，今天我去见了'狗头'，他说抓不来'交替'，我就要被卖掉。被卖掉是什么意思，会被卖到哪里去？"

"你对'狗头'说了什么，他为什么会这样说？"

"就是我现在在聊的那个女孩，我也是被逼急了，不然也不会跟'狗头'说要把她骗来作'交替'的。你先告诉我,会被卖到哪里去?"

"芭林园区。只要到了那里,就一点机会也没有了。"

夜很静、很黑,从宝哥和K的床铺上看不到窗户,也见不到一点亮光。他们像是被扔进了无尽黑暗中。

"在芭林园区的人,都是死人。"宝哥突然又说,"抓'交替',把身边的人骗来……如果你想当一个坏人,你可以是很坏很坏的。在这儿,你可以看到人性最坏的一面。"

K:"家里人知道你在做什么吗?"

宝哥:"父母肯定是不知道,但现在妹妹可能已经猜到了。"

K:"你是怎么来这里的。也是被人打晕了送到这里的吗?"

宝哥:"不,我是自愿的。"

K:"自愿的?那你现在一点也不后悔?你真不再试试了吗?到了外面,你就是自由的。你也有家人,他们也会想你的。"

宝哥站了起来准备去厕所，显然他已经不想再跟 K 继续这种无谓的聊天了："自由能给你饭吃吗？"

K 心里沉沉的，他有想念的家人，未来还在远处对他挥手。

宝哥悄声又说："告诉过你了，你这个年轻人的想法很危险。干得越好离自由就越近。"

## 七

当宝哥叫郑宝林的时候，还在文昌的椰林地里收椰子，地里不忙的时候就会开着他那辆新买的电动车跑"滴滴"，有时也去给开椰子摊的妹妹帮帮忙。家中两位老人没什么大毛病，他们唯一的希望就是想在闭眼前看见郑宝林结婚。这年他三十八岁了，自从离婚后就没再找过什么人，他讨厌那种一地鸡毛的日子，怪没意思的。日子过得不咸不淡，郑宝林总觉得人生不该就这样，浑身的气力不知该挥向哪里，当然他的心也在远方，可是远方又在哪里呢？

对宝哥来说，文昌很小，小到几乎所有街坊他都认得。谁家有什么事，也都会迅速飞到宝哥和他妹妹的耳朵里。最近，宝哥和妹妹总是会听到有人去了更远的南方做生意或打工，一个月挣的钱比他们一年甚至两年挣的都要多。宝哥和妹妹起初不信，但后来，发现邻居家的生活状况确实有所好转。他们先是衣着变了，紧接着连车也换了，后来他们就离开了文昌。妹妹猜测，应该是赚了钱，搬家了。妹妹说，她不想再摆椰子摊了，趁着还年轻，也想去外面看看。宝哥知道妹妹的意思，说，如果有门道了，还是我去那边打工。你在这边的椰子摊虽说挣得不多，但起码也是个营生。家里不用你养，踏踏实实找个人结婚，不要像我一样，结了又离的。折腾到了快四十，最终还是一事无成。妹，还是我去打工。

那个地方在哪里呢？宝哥问到了街坊，街坊说他儿子好像提过那个地方在越金，越金的一个科技园区，说是坐船就能到，具体的他也不知道了。宝哥说，那要怎么联系上对方呢？街坊摇摇头，只是说是朋友介绍过去的。宝哥还是一头雾水，妹妹给宝哥提议：不然先去越金，之后再找工作就会简单些，去到那边的人好像都发家致富了。宝哥觉得有道理,立即订了一张去越金的机票。

越金,这个对中国免签的地方实在是太美了,连椰子树也显得熠熠生辉。宝哥刚刚抵达的前两天心情愉悦,想着要是能在这里扎下根来就好了,可以把妹妹接来,之后再把父母接来。这里的女孩子也漂亮,分不出是哪里的人,很多像是混血儿。后来,他就真的爱上了一个混血儿。

晚风从海边红树林间拂过,湿湿的咸咸的,有树木的甘甜,也有爱丽丝头发的香气。爱丽丝的身份始终让宝哥觉得是个谜。爱丽丝本人就是个谜,越金和美国的混血,还是越金和法国的混血,他也搞不清楚,总之,她有一半的血确实是来自越金。爱丽丝真美,宝哥时常会一直盯着她看,他从没见过如此动人的姑娘,连她的呼吸都是香甜的。这是他第一次陷入了爱情的困顿中。

爱丽丝的长发被晚风吹到了郑宝林的脸上脖子上,痒痒的、软软的。爱丽丝说:"每个人来这里都有一个发财梦,你来这里也是为了来寻它的,是不是?"

郑宝林笑了笑:"是呀,这样的人,你见过很多吧?

他们都发财了吗?"

"很大一部分都发财了。少一部分人,运气不好,就灰溜溜地又回去了。"

"我想,我是运气好的人,运气好,才会遇到你。"

爱丽丝靠在了郑宝林的肩头:"我帮你实现愿望好不好?"

郑宝林的眼睛亮了起来:"你要怎么帮我?"

"我认识一个朋友,他在这里的一家科技公司上班,也像你一样来寻梦的。"

"那他成功了吗?"

"当然,半年就发家了。"

"那是什么公司?我这样没有技术的人也可以去吗?"

"他们门槛很低的,我这个朋友也是刚开始什么都不会,但后来很快就会上手。具体的事情,你可以和他聊一聊。"

郑宝林看着远处若隐若现的亮光,那应该是对岸的灯塔在发光,他一手紧紧搂住了爱丽丝。郑宝林想:对,就是科技公司,他们都是在这里的科技公司发家的。无论怎样，都要试一下，我郑宝林总算要有出头之日了。爸妈、妹，你们等着我。

郑宝林进入公司的第一件事，就是上交护照和手机，说是为了他的人身安全考虑。当然，没有手机，他就没办法和爱丽丝以及家人取得联系了。当"面试"一轮过后，像郑宝林这种没有任何技术的人，被分配到了杀猪盘的恋爱组。这时他才知道自己是被骗了。经过一个月暗无天日的"工作"，身体和心理上的双重捆绑后，他居然得到了第一笔丰厚的工资。"狗头"说，这钱他可以自己存下，也可以交给他们寄回家。郑宝林想都没想，自己留了日常开销后，全部寄回了家中。他低头盯着手里仅存的钞票，想着爸妈和妹妹应该很高兴吧……他又抬头看了看周围的"狗友"，不知道爱丽丝现在在哪里，应该感谢她还是应该恨她？电脑屏幕前跳出来一条条的信息，是那些他正在聊天的姐姐妹妹，她们像一根根的细针扎在头皮上，让他浑身发麻。

月底，按照这里的规定，在守卫的监督下他是可以给家里打去电话报平安的。是妹妹接听的电话，她高兴得哭了出来，喊着问他这些天都跑去哪里了，怎么一直不跟家里联系？一连串的问题，让郑宝林不知道从哪儿开始回答，他也没有回答的权利。他只是说，我挺好的，这边工作已经稳定下来，每个月都会给家里寄钱。电话那头，又换成了母亲的声音，母亲耳朵不好，拿到郑宝林寄回去的钱后，妹妹立即给她配了助听器，她现在可以听电话了，但说话还是会扯着嗓子喊，时不时父亲的声音也会隐约出现，他们现在都过得很好。母亲又喊着问：你现在在哪里工作呀？邻居家又在问，如果合适你把他也介绍过去。郑宝林看了一眼"狗头"，狗头在手机上给他打了几个字，"科技公司"。郑宝林看着手机跟母亲说，是在一家科技公司。母亲又问了些什么，郑宝林没听清，守卫指了指时间，示意他马上要结束通话了，郑宝林说他下次再打来电话，之后便挂断了。

郑宝林舒了口气，他知道家里人过得很好就足够了，守卫拍了拍他的肩说，看你家里人现在过得多开心，干得好年底还会有分成，你干得越好，他们就越开心。守卫突然蹲在他面前说，你妈妈刚刚是不是问你，邻居家的也想到你这里来工作？郑宝林点点头。守卫又说，你和那家人熟吗？郑宝林点点头，从小一起长大。守卫又说，你要是能把他介绍过来，你年底的分红知道有多少吗？郑宝林摇摇头。守卫比了一个"五"，郑宝林不明白什么意思，守卫说，起码有五十万。

郑宝林和那邻居家的孩子从小都在这条街上长大，他管那家孩子的父亲叫北叔，他们两个小孩无数次躺在椰子林里，望着忽明忽暗的天空畅想着不着边际的未来，相互安慰着彼此不那么精彩的人生，咒骂那些已经发达的街坊。五十万，这是他种一辈子椰子也赚不来的钱。

这天晚上，夜空中突然放起了烟花，所有人都赶紧跑到窗户边上，抬头望着远处璀璨的烟花，外面传来了阵阵欢呼，"狗友"们说，瞧他们组的业绩又破亿了。另一"狗友"说，那他们组年底能有多少分红？平均下来每人一百万是有的。郑宝林的脑袋一阵发木，一百万，一百万……我要挣够一百万。烟火把他的脸照映得一会儿是红色，一会儿是黄色。

郑宝林彻夜未眠，这些残酷的现实让他陷入了一片混沌中，然而就在这片混沌中他突然看清了一件事——

人性的恶是永无止境的,正如此刻的他。他又想着,爱丽丝,当初的我值多少钱?当他认清这件事后,他终于作出了决定,然后在凌晨时分沉沉地睡去了。

过了几天,郑宝林向"狗头"承诺,一定会把朋友骗来当"交替"。"狗头"也向他承诺,事成后五十万会立即转给他的家人。但同时,郑宝林也提出了一个条件,就是不要把他们分到一组,如果有可能尽量让他们永远都不要见面。"狗头"问,你朋友是否有技术?郑宝林摇摇头,那么就给他放到别的公司去。郑宝林很惊讶,说,这里还有别的公司?"狗头"笑笑说,这里是一个科技王国,有成百上千的公司,是你永远也想不到的,是不是很有趣?郑宝林的鼻尖瞬间起了一层汗珠。郑宝林弱弱地问,这个王国里,都是干这种事情的?"狗头"说,就是普通科技公司,创意产业园区,不要想太多。

令郑宝林没想到的是,他的朋友小北来得如此之快,听"狗头"说,小北三天就到了岗位,但家里却迟迟没有收到那五十万,原因是小北在第四天的时候就死了。郑宝林听到消息的时候，眼前一片漆黑，双耳顿时"嗡"的一下，什么也听不见了。这次突发性的失聪几乎持续了两个星期，而在这两个星期之内，小北的死也被传得沸沸扬扬。在这无声的世界中，除了耳朵持续发出的轰鸣以外，郑宝林几乎听不到什么声音。无尽的痛苦和悲伤使他第一次想到了死。死了就能彻底摆脱一切了吗？他怕他会死不瞑目。

郑宝林也不知道这两个星期是怎么熬过来的，也不知听力是从哪一刻起开始慢慢恢复的，也许是从爱丽丝突然闪现在他眼前的那一刻。他们的再次相遇或许多少还残存着一些温情。那是在郑宝林所属公司创收破亿的夜晚，按照惯例，公司要大放烟花以示庆祝。公司老板将大摆流水席，请公司全体员工共进晚餐。当宝哥双目凝视受奖员工手上的那一百万奖金钞票塑料牌时，眼前突然出现了一个既陌生又熟悉的面庞，那是爱丽丝，她在人群中依然那么动人。郑宝林一下冲到了她身边，拉着她的双手："爱丽丝？"爱丽丝嘴巴动了动，似乎在说："好久不见。"或是"你还好吗？"

郑宝林嘴巴张了张，又闭上了，爱丽丝好像又说了一句什么,他什么都听不见,周围的嘈杂、耳朵的轰鸣,让他不知所措。郑宝林一下流出了眼泪,将爱丽丝抱住了,说:"我知道你也是被骗来的,也是迫不得已!"话音刚落,又是一阵鞭炮声,人们欢呼着,为这漫天金灿灿的钞票而欢呼。他不知道爱丽丝是否听见了他的话,也不知道爱丽丝是否如实回答了他的问题,他们这一次相遇像梦一样,如此虚幻而抽象,爱丽丝在说什么,他怎么也猜不到,但一切都已经不重要了。小北的死他要负责,他要为北叔一家负责,也要为父母和妹妹负责。他重整旗鼓,为这一切还债。

后来,郑宝林曾在园区内又见过一次爱丽丝,那时的他听力已经完全恢复了,人们又纷纷站在园区内的街道、小广场、餐厅前仰头看着漫天的烟花,宝哥就在人群中看见了爱丽丝。她依旧那么美丽、那么令人瞩目。他立刻走过去,有很多话想要问她,或是质问她,思念、愤怒、疑惑,种种的思绪迎面而来,当他走到她身后时,又迟疑了。

"爱丽丝?"宝哥叫了她。

爱丽丝回过头来，好像知道他就在她后面一样，并没有显出多么惊讶的表情。两人望着彼此，郑宝林一时不知该说什么。爱丽丝突然上前拥抱住了郑宝林，在他耳边说："穿一件白衬衫，手里拿一片椰树叶，想办法去越金火车站，你就能回家。有人在监视我，不能多说。"说罢，她给了郑宝林一个飞吻，便匆匆离去了。这也是郑宝林最后一次见到她。

## 八

"到家了吗？一切都好吗？"晚上直播结束后，Leila 给 K 发去了信息。自从 Leila 催过 K 还那笔五万块钱，并且收到银行的转账信息后，心中对他就一直怀有愧疚，甚至让她感到自己亏欠了 K 什么。虽然信息显示是一个星期后才能到账，但足以得到她的全部信任。由此，Leila 对 K 的牵挂更胜于从前，当初真是不该用那样的态度催他还钱。没过一会儿，K 回复了："刚刚到家。太累了，看来真是上年纪了，以前就算开十个小时车，也不会感到一丝压力。"

"我也这么觉得,现在每场直播结束后,感觉人都要被掏空了。躺在床上一点都不想动。以前从没想过说话、唱歌竟会这么消耗体力。"

"你要是觉得累,就不要再继续做直播了。"

"那我靠什么赚钱养活自己。"

"你来找我吧,我们一起生活。"

Leila 盯着"我们一起生活"几个字很久,鼻尖有点发酸,又说:"就是随便说说,我怎么可能会累呢?我是活在视频里的人,可是有人设的。"Leila 又发去了一个搞怪的表情。

"我不是很明白你的意思。"

"说白了,没了这个人设,我整个人也就不复存在了。说得更明确一点吧,我只有在网上,在这个虚拟世界里,才叫 Leila,才是你正在聊天的这个人。"

"我不管那么多,不管是虚拟还是现实,我都喜欢。我有正经工作,还有五险一金。"

"五险一金?"Leila 笑得在床上翻来覆去,这冒着傻气的朴实让她觉得这个人实在太可爱了。这与那个驾着房车在沙漠、平原上拉风疾驰的阳光男人,判若两人。

她无法将这两种分裂的形象黏合在一起。到底哪个才是真正的他?

"那你是做什么工作的?可以让你有这么多悠闲的时间在外面流浪?"

"我有一家自己的公司,是做金融方面的,所以时间比较自由。你有喜欢去的地方吗?"

Leila曾经向往过非洲,那片陌生的土地像是富有魔法般深深地吸引着她。Leila说,非洲是一个神奇的地方,那里有看不到边际的平原和在平原上奔跑的动物,还有古老的原始民族身上斑斓的涂鸦和从来没有听过的乐器,我曾经真的很向往那里。K说,那我们可以一起去,听说非洲有特别奇特的棱皮龟;去看泡在珊瑚礁里的河马,听说海浪可以冲去它们身上的寄生虫;还有在非洲的西海岸有一个叫作卢安果的国家公园。Leila说,你听说的可真不少……之后,K又给Leila发了很多条信息,可Leila已经沉沉地睡去了。K伸了个懒腰,关上电脑,脑子里全是非洲平原的画面。他确实也向往那里,也确实和朋友们商量过要去那里的事情。那些"听说"过的事,都是他以前从纪录片和网上看到的。非洲,对于他们来说，是那么遥远、那么陌生。

　　Leila 已经习惯每天早上一睁眼就能看见来自 K 的信息，那就像是清晨来自身边情人第一个吻一样的抚慰。K 最后一条留言是"我想要过一种自由的生活，与别人无关的生活，在我们都自由的时候"。Leila 本想按照每天惯例，先是阅读 K 的信息，之后再叫一份连同早餐和午餐的外卖，但她被这段文字疑惑住了。"自由"，一个多么简单而又肆意的词语，她环顾四周，自从意外发生以来，她就更加笃定只有那个虚拟世界才是她真正得以自由的地方。她无法再感受这个世界的美好及善意，她甚至感到自己受其所压，而如此孤独。事发突然，都是命运，如果她还是曾经的那个她，还有一双让别人羡慕的修长双腿，她当然要继续探索这个未知的世界，然而，注定无法如愿。一夜之间的残疾，让她至今也无法接受，更不能让 K 知道，她只愿意成为 Leila。

　　这时，豹豹给她发去了信息，最近怎么样？和网上的那个男人断了联系吗？一直都很挂念你，最近手头的事情刚刚忙完。我想告诉你一件事，我要结婚了，下个星期就准备离开北京去湘西。Leila 看着信息，这太不可思议了!

"你要结婚了?"Leila立即拨去了电话。

"嗯……"

"什么时候谈的男朋友,怎么都不和我说一声?"

"也是挺突然的,在一起刚一个月。我们也是刚刚作的决定。"

"那为什么要离开北京,去湘西?"

"嗯……待够了,想换个地方,去小城市,过节奏慢一点的生活。"

"你想清楚了吗?"

"当然。"豹豹的回答简短而肯定。Leila心中万般的不解,此刻也有了答案。她一时不知再说些什么,两人在电话里沉默了片刻。豹豹又说:

"你怎么样?还和那个男人在联系吗?"

"嗯……他也想带我走。但我走不出去。"

"限制你的,只有你自己。换个工作,不要再做主播了,没有意思的。"

"我这个样子,不知道能做什么。"

"就算在田里种地,也好过现在。"

Leila 又一次沉默了，真像豹豹说的那样吗？K 真的能带我走吗？挂断电话后，豹豹又发来了信息：关上电脑，拉开窗帘，看看窗外，看看那活生生的人吧。当整个生活都建立在谎言上，就很难再看清现实了。

她摩挲着自己双腿，突然一股暖流贯穿全身。她从床上坐起来，用力将重心放到了左腿上。她左手扶着床边的桌子，慢慢站立起来。这次，她决定不用拐杖，看看是否能将自己挪动到洗手间。她一步步，从床边挪到了桌前。右腿的肌肉萎缩，令她几乎感觉不到它的存在。她一度认为，这是一条近乎消失的腿。但这次不同，这股暖流让她感到了微妙的变化，那是一种无力般的瘙痒，只要右手指甲用力嵌进皮肤里，还是会感到一丝疼痛。她继续向前移动着，洗手间的门就在那里，她想着，是不是只要够到那门，就可以和 K 去远方？她擦了擦鼻尖上的汗，又觉得那一闪念的想法有些可笑。她靠在房门的门框前，觉得自己一步也动弹不得了，回头看看床，又是那么的遥远，往前看看洗手间的门，似乎和床又是相同的距离。她靠在门上想着 K，左手捶了捶腿，又一步步地向前挪。这一次的重新出发，让她速度提高了一些，也放松了许多。终于，当她面对着洗手间的镜子时，她仔细地端详着自己，眉毛、眼睛、鼻子的高度和脸颊的轮廓，也还算好，化化妆，可能和视频中的自己相差不大。她好久没这样端详过自己了，看着镜中的自己感觉有点陌生、有点诡异。她又想，K面对这样一张脸，会是什么反应？

Leila的手机响了，准是K发来的信息。她迫不及待，比过来时，又提高了点速度，身体也更放松自如了些。她突然想，不用拐杖，也是可以行动的。如果每天坚持练习，萎缩的肌肉是不是就能逐渐恢复，之后就能彻底摆脱拐杖了？她要立即上网查查专业的信息。Leila又想，难道我的生活真的是建立在谎言之上吗？也不完全是吧，豹豹太果断了，难道我的收入、那进账的现金都是谎言吗？这是一份工作，而且是一份收入可观的工作！只是，我需要面对的是现实中的我，一个活生生的我，而不是这份工作。没有这份工作，还能靠什么养活自己？

她终于回到了桌子前，一下坐到了椅子上，她用尽了全身的力气，喘着粗气，双手揉搓大腿。手机又一次响了,是K。他向她分享了一条视频,视频中是一对情侣或是夫妻在满是热带植物的山间,做饭、看书、散步。环境惬意,看样子应该是南方的某个地方。

这是哪里?Leila给K回了信息。

越金。

好远的地方。

那里很美,生活多惬意。

Leila将视频反复看了几次,幻想着种种的可能性。假如和K能这样生活在一起,也未尝不可,在一个僻静的村庄里,开展全新的生活。

你愿意过来找我吗?K又给Leila发来了信息。

你已经在越金了?

刚刚过来,一看到这么美的景色,就立刻想到了你。你能在这里,一切就完美了。看,这里的热带植物多么灿烂壮美,这里的植物似乎都被放大了很多倍。K又发了几张植物的照片,和他的一张"自拍照"。

Leila心动了,但右腿怎么办呢?K一定不会接受这样的自己。

## 九

"宝哥,睡了吗?"K在黑夜中,把眼睛睁得大大的,盯着天花板。

"快了。"

"宝哥,你来这里多久了?你真的就这么认命,不想出去了?"

"我都忘记我来这里多久了。"宝哥叹了口气,K这个问题,把刚要睡着的宝哥一下弄醒了。他翻了个身,搓了搓脸,更精神了一点,"不是认命,是没地方可去。你说我出去能干吗?还不是给人打工。在这里只要听话,就是安全的。有吃有喝,年底还有奖金,每年给家里寄回去的钱也不少。父母现在过得比以前好很多。说实话,我不觉得出去会比现在好过。更重要的是,我要在这里把债还清。"宝哥用脚顶了顶K的床板,又说:"你说人活着到底什么是最重要的?"

K想都没想脱口而出:"自由,以前不知道自由有多可贵,但现在哪怕在路边饿死,我都想要出去。"

宝哥笑了："那是你从来没体会到穷是什么滋味。"

K突然感到一阵茫然和惶恐，是呀，他所活过的半生中，到底什么对他是重要的，什么都是那么平淡无奇，什么都是那么顺理成章，没有大风大浪的生活，让他变得日渐麻木，像个傻子一样过着每日重复的生活。

"你想要自由，出去你能做什么？给人家继续打工，你就是自由的吗？告诉你一个真理，这是我来这里后才悟出来的，一般人我不告诉他。"K竖起了耳朵仔细听。

宝哥说："这个世界就是一个狩猎场，我们出生在这个狩猎场的那一刻，就不是自由的，没有人是自由的。"K不知道宝哥为什么这样说，但仔细想想，好似又有些道理。

K不说话，沉默了。之后不久，床下就响起了宝哥轻微的鼾声。

第二天，K收到了Leila的信息，她说她想通了，越金的确是一个很美的地方。她厌倦了城市每天重复的生活，也厌倦了视频中的自己，她想踏踏实实，过一种双脚落地、真实的生活。之后，Leila又传来一首她唱的《范特西》。

K 鼻酸了，双手放在键盘上，一时敲不出字来。他能感受到 Leila 的真心，有那么一刻，他真的想变成自己所塑造出来的这个男人，他那么阳光、自由，真情实意地爱着这个女孩。K 甚至有那么一瞬间，也真的已经爱上了 Leila。他深深吸了一口气，又将目光慢慢放置在每个工友的身上。现实的残酷，让他瞬间收回了眼泪。

我会在这里一直等你。K 回复道。

不用太久，我们就会相见。

K 突然转过头，看着宝哥说："宝哥，你说，如果这个女孩真的来了，我应该怎么办呢？"

"会有人和你一起去，到时你指认出哪个是她就行了。"

"那她会不会有危险？"

宝哥把脸转了过来，盯着 K 的眼睛，他们四目相对，宝哥的眼睛里突然出现了很多血丝，褐色的瞳孔逐渐在扩散："说了后续的事情你就不要再管了。而且，她会不会有危险，和你也没有关系了。还有，你要记住你们的关系和你的任务，你不是那个男人。"宝哥显然已经不耐烦了。

K又发去了信息：已经迫不及待想见你。

Leila说：无论真实的我是什么样子，你都会像现在一样对我吗？

K说：当然。

Leila：假如我和视频上的判若两人，或是一个残疾人呢？

K恍然一惊，他的确没有意识到，除了他自己是虚构出来的以外，Leila的背后或许也另有其人。她难道是个残疾人吗？她当然有可能是一个残疾人，或是一个男人也说不定。眼前的Leila一下子变得陌生了。但他转念一想，那又怎样呢？我要时刻记住我们之间的关系。在他意识到这一点后，突然感到有所释怀。猎物已临近，只要屏住呼吸，举枪瞄准，现在只差扣动扳机的那一刻。

K翻开"秘籍"手册，手册上写道：在"猪仔"马上上钩的时候，就要开始讲土味情话，因为此刻的"猪仔"们已经完全陷入了陶醉模式，土味情话会让人显得对感情更加朴实。K继续参考了些例句，觉得都不太适合自己的人设。绞尽脑汁，他自行发挥编了句："无论你真实的样子是什么,我永远都不会改变。"他久久地盯着这行字,又觉得平淡无奇,这是因为当 Leila 的幻象完全破灭时,他的词汇就变得像干枯的河流,再也想不出更好的语句来应付她了。

明天,明天就过来好吗?K 说。

明天?需要准备的东西太多了,况且,我也很久没有出过门了,需要慢慢适应太阳。Leila 说。

你不需要准备任何东西,这里什么都很充足。只要你肯迈出家门一步,那么就没什么事能成为你的阻碍。

好,就明天。

K 双手捋了一下头发,盯着屏幕说:"成了,宝哥。"

"什么成了?"

"她答应要来了,她答应了!"K 有点激动,又说,"下一步应该怎么办?"

"跟'狗头'说一下,他们会派人跟你过去。她什么时候来?确认好了吗?"

"她说明天就来,应该不会有问题的。"

窗外,突然又响起一阵烟花声,紧接着欢呼与喝彩。看来，又有人业绩破了亿。工友们瞬间凑到了窗子前，向外望去。只有宝哥和 K 坐在工位上。K 突然说：

"宝哥，你和那么多女孩都聊过天，就从来没有动过真情吗？"

宝哥摇摇头："没有。"

"你可真是铁石心肠。"

"就是'真情'才把我骗过来的。对兄弟也好，对女人也好。翻翻这本手册，上面写得很清楚，'真情'就是最大的凶手。"

K 有点迟疑了，仔细回想自己是否对 Leila 动过真感情。那些虚构出来的美好景象，他确实陶醉其中过。

宝哥突然又问："你出去后，最想做的事是什么？"

"当然是回家。"

"回家后呢？"

"回家后，让我做什么都行。"

这时，K 收到了一条信息，是 Leila 发来的，她说已经订好机票，随身只带了几件换洗衣物，其他一切她都不需要。之后她又向 K 确认了到达后的事情。

K 向宝哥展示了信息内容，宝哥拍了拍 K 的肩膀，突然对他有点恋恋不舍:"祝你好运吧,兄弟,希望你一切都好。"

宝哥满脸惆怅地望着窗外时不时变幻的颜色,说到"心动",他突然想起了一个人。

烟火结束,守卫催促大家迅速回到工位,夜间考核即将开始。每人需递交自己当日的聊天记录,合格者即可洗漱睡觉。守卫在核查K时,他突然说那女孩明天会来。守卫看了他一眼,示意跟他去找"狗头"。与此同时,K见到今晚又来了两位新工友,他们面色惨白,脸上还有瘀青和新鲜的血口子。那副可怜的样子像极了当初的自己。

夜晚,风里充满了植被的气息。他再次走过连接两栋楼之间的过道。他迅速向远方扫了一眼,心潮澎湃,明天他就能获得自由了,脚步也显得轻盈了许多,也不再惧怕"狗头"那张消瘦的长脸。当"狗头"问他:

"'交替'来了之后,有什么打算?继续留在这里还是要走?"

K毫不犹豫地说:"我要走。"

"没问题，想走我们不拦着，付了三十万，你想去哪里都可以。"

"什么？不是说好骗来'交替'你们就放我走吗？"

"你以为在这里是白吃白住的吗？"

"这是什么意思？"

"餐费、住宿费、水电费、卫生管理费、技术培训费、生活管理费等等，加起来三十万。""狗头"戳了戳K的脑袋，"明天守卫跟你一起去见那个女孩，把她带过来，不要有什么差池，否则你们一起去芭林园区。听懂了吗？"说罢，守卫将K从"狗头"的办公室又带了出来。K像丢了魂一样，瘫软地回了宿舍。天旋地转，要去哪里弄到三十万？

"怎么样？明天就要走了，开心吧。"宝哥躺在床位上说。

K一下从上铺跳了下来，趴在宝哥身边，把头埋在他的被子里："完了，全完了。我这辈子是要死在这里了。宝哥，你救救我。"

宝哥被他吓了一跳，坐起身来："你安静点，不要吵到守卫，否则到时候咱俩都得受罚。"K这才慢慢抬起了头："'狗头'说我要给他三十万，才能放我出去。宝哥，打死我也拿不出这么多钱呀。你帮帮我好不好。"

"你要我怎么帮你，我也拿不出这么多钱来。看来这里又有了新规矩。"宝哥拍了拍 K 的后背，低着声音在他耳边说说，"兄弟，别着急，办法总会有的。说不定那女孩能给你三十万呢？"

"那我还是人吗？我宁愿去死。"

"就只差最后一步，想想你家人。"

K 突然间抑制住了自己激动的情绪："我已经没有回头路了，已经没有家人了……"说完，他爬回了自己床上。宝哥不明白他是什么意思，但有种预感，明天会出事。

十

第二天，宝哥清晨四点就醒来了，他仔细听着上铺 K 的动静，K 呼吸平稳，应该还未醒来。如果事情顺利，这应该是 K 和他最后一次在同一个房间了。自打宝哥来了这里后，来去的人数不胜数。有的人被调去另一个科技园，有的人被卖掉，大多数人是不知去向。这里的规矩是不准打听他人的去向，否则会受到处罚。那些曾经睡在K床位上的人，宝哥从来都没留意过，他心里只有努力赚钱，等债还清了，就按照爱丽丝给他的指引，回家去。但K与他们不太一样，K比他们都要傻一些、单纯些，更重要的是，他让宝哥想当一回好人。

这一夜，K彻夜未眠。一方面他是想着能见到真实的Leila，另一方面，这或许是他这一生的最后一天了。他决定，远远地见过Leila后大喊"快跑！"，之后他就要扑到守卫和"狗头"身上，让他们当场将自己击毙。如果在闹市区，这将成为一起事件，他希望可以用自己的死引起警方注意。这是他的计划。

五点了，K在上铺翻了个身，宝哥猜想他可能快要醒来了。守卫还在昏睡中，鼾声四起。这时，宝哥起了身，拍了拍K的脸。

"醒醒。"

K睁开眼睛，原来，他一直都是清醒的。

"我现在说的话，你要记牢。"宝哥一边观察着周围，一边轻声对K说，"今天，你给那女孩留言，把见面地址改成越金火车站旁边的'越金米粉店',你穿一件白色衬衫,手里拿一片椰子树的树叶。守卫和'狗头'通常都会在接到人后,去这里吃碗粉。到时候你就点一碗牛筋米粉不加牛筋,之后会有人帮你逃离的。"

"那个女孩怎么办?"

"你先逃出去再说。"宝哥说完,又躺了回去,内心感到一阵前所未有的平静。

K反复猜想着,不知是真是假,但他决定无论如何也要试试,这是他唯一的机会了。

早上八点,当K穿着一件白色衬衫坐回到工位时,突然听见楼外面发出了几声惨叫。有的工友四处张望,之后窸窸窣窣地开始议论,说看来又有人想要逃出去。宝哥依旧淡定地敲键盘,他突然对K说,今天他要开单了,随后他又往嘴里塞了一颗槟榔,起劲地嚼着。他洋洋得意的脸上,幸福感溢于言表。K看着宝哥的脸,很想问问凌晨的那席话到底是什么意思?他好似做梦般。然而K什么都没问。Leila给他发去了信息,说自己已经搭上了前往机场的出租车,她有点激动,有点忐忑。K让她到了越金机场后,打车到火车站等他,因为今天突然有事情,他不能接机,希望 Leila 能体谅一下。Leila 说,她今天穿了一件红色的 POLO 衫和一条宽松牛仔裤。随后,又是一声惨叫。守卫大喝了一声:"赶紧干活!"K 望着屏幕,两眼发直,脑子里上演了一幕幕不久后在"越金米粉店"里会发生的事。有太多种未知的可能性,但不论如何,是生是死,这里——这个地狱般的科技园区都会是他停留的最后一天。

Leila 又发来信息,说她马上就要起飞了。K 看着墙上的时钟,还有四个小时……这时,守卫把 K 叫了出去,说是要准备一下,立即出发。出发前,K 和宝哥久久拥抱在一起,K 在宝哥耳边说:"我想救你出去,假如成功,我就要报警。"宝哥轻轻拍了下 K 的后脑勺:"别傻了,我不需要。"

K 已经很久没有见过这么多真实的人群了,他被刺眼的阳光晃得睁不开眼。由于一路是被蒙着黑色头套过来的,他辨别不出任何方向,只是感觉经过了一段很漫长的颠簸路面,又疾驰过了一段平稳的道路后,城市嘈杂的声音开始渐渐袭来。当他下车,抬头看见了"越金火车站"几个字后，才知道自己已经到了目的地。在守卫的监视下，K给Leila发了一条信息，问她是否到达？Leila过了很久才回复，说飞机晚点了，可能要傍晚才能到。守卫看了下时间，此刻是下午两点。另一个守卫建议不如去"越金米粉店"先吃碗粉，在那里等。K突然说，他是北方人，从来没见过椰子树，能不能让他去街边捡一片椰子树树叶？两个守卫说，北方人就是没见识，随后，带着他捡起了一片树叶后，走进了"越金米粉店"。

　　守卫分别点了一碗牛杂米粉和牛肉米粉后，K按照宝哥的吩咐，先是在胸前将树叶晃了晃，又说："我要一碗牛筋米粉，不加牛筋。"K的声音越来越小，小到没有人能听到他在说什么，而显然，米粉店的老板已经有所察觉。老板看着K，又观察着他身边的两个男人，立即从前台走来，老板一口南方口音，问道："您刚刚点了什么？"K指了指菜单上的牛筋米粉，又道："不加牛筋。"两个守卫笑他是傻子，还不如点一碗清汤米粉来得便宜。老板回到后厨不久，端出了给守卫的两碗米粉。守卫饿得狼吞虎咽，突然间又从后厨走出两人，一人一棒将守卫打昏过去。老板抓着K从后厨跑了出去,K刚要跑的时候突然又冲回守卫身边,迅速翻出手机,装进兜里,和老板上了一辆面包车。K惊魂未定,心脏快要从嘴里跳脱而出。老板说:

"你是郑宝林?"

K惊慌地看着老板摇摇头:"我是郑宝林的朋友。"

老板脸色突然暗淡下来,又说:"那郑宝林还在里面?"

K点了点头。

"是郑宝林让你来这里的?"

"是,是他让我来的。说你可以送我回家。"K抓着老板的衣服又说,"我现在安全了吗?"

"安全了,不管你是谁,我的任务已经完成了。"

K兜里的手机振动了下,是Leila,她发来信息:已经到达火车站,你在哪里?

K突然紧紧攥住老板的胳膊说:"老板,你是好人。在我走之前我想去火车站见一个人。"

"你疯了吗?"

"无论如何,我都要看她一眼,在车里远远地看看就好。"老板的胳膊被 K 抓得生疼,他不耐烦地甩开他的手,吩咐司机在火车站周围迅速转一圈。

    张存良在这一天的傍晚,在人群中远远地就看见了一个穿着红色 POLO 衫的女孩,她左手拄着拐。他望着她,那女孩其实也挺好看的,只是和视频中的脸不太一样。她时不时地把挡在脸上的头发,用那没有拄拐的手别到耳后。这天,阳光很好,正如张存良之前所设想的那样。摇摇欲坠的夕阳落在她的正面,洒满余晖。

图书在版编目（ＣＩＰ）数据

猎物 / 孟小书著. -- 上海：上海文艺出版社,
2024. -- ISBN 978-7-5321-9050-8

Ⅰ. I247.5

中国国家版本馆CIP数据核字第20240BW584号

该作系北京作协签约扶持作品

发 行 人：毕　胜
策　　划：李伟长
责任编辑：李　霞
装帧设计：@Mlimt_Design

书　　名：猎　物
作　　者：孟小书
出　　版：上海世纪出版集团　　上海文艺出版社
地　　址：上海市闵行区号景路159弄A座2楼　201101
发　　行：上海文艺出版社发行中心
　　　　　上海市闵行区号景路159弄A座2楼206室　201101　www.ewen.co
印　　刷：上海盛通时代印刷有限公司
开　　本：787×1092　1/32
印　　张：7.5
插　　页：2
字　　数：109,000
印　　次：2024年9月第1版　2024年9月第1次印刷
Ｉ Ｓ Ｂ Ｎ：978-7-5321-9050-8/I.7123
定　　价：55.00元
告 读 者：如发现本书有质量问题请与印刷厂质量科联系　T: 021-37910000